走不出的學校（下）

百無禁忌——著
SIBYL——繪圖

代序

全新的表達方式

「網絡」成為人類生活的重要內容的同時，衍生了網絡文學，這是全新的文學形式，標志著全新文學時代的開始。活躍在這全新領域中的作者，絕大多數是年輕人。百無禁忌，開始寫作時還是少年，在網絡小說領域中，昂然起立。他的作品想象力奇麗，跳躍，滿是年輕人的活潑，揚溢青春期的熱情。近作《走不出的學校》更達到了一個新的可讀性高度，十分難得。

百無禁忌的作品蘊有隱喻性，本書的故事是說一群找不到出路（真的找不到出路）的學生，總覺得找不到出路的何止是他們：整個人類的出路又在哪裡？

好的小說，總能使讀者浮想聯翩的。

倪匡

二〇一四、八、八　香港

資料 B

來自：Gu
收信者：Kwan
內容：我和那個打破火警鐘的女孩談了一會兒，她說的話有點奇怪。問題是我不太記得這個女生是誰，如果我們學校一直有這麼奇特的學生，我應該會知道才對，她可能需要我們的幫助。
我剛剛把她交給另外一名老師看管，如果你看到這則訊息的話，請回覆。

來自：Gu
收信者：Kwan
內容：讓那名老師回來，把他關在隨便一間沒有人的房間裡，不要讓任何人與他接觸。
我現在趕回教師休息室。

來自：Gu
收信者：Kwan
內容：你還沒有回來嗎？出大事了。
女孩失蹤，而那名老師說要自殺。
他是認真的。

71

循著樓梯走了兩三分鐘，就到達樓梯的最高點，前方就是後山的區域了。

在人造道路與山路之間的交界，因為一根橫倒在路中央的大樹幹而受阻，使我們無法通行。

「總不能因為這樣就回去吧？」我道，「我們爬過去吧。」

於是，我們便一個個地趴下身子或是跨過樹幹，進入學校後山。

「從樹幹倒下的樣子看來，應該已經很多個月沒人碰過它了。」王亮端道，「這裡的人似乎都沒有來過這個地方啊。」

「來這裡幹什麼？又沒有必須在這裡才做得到的事。」阿源不假思索道，「要不是霧氣跑到這個地方，我們也不會來這裡。」

「波叔曾經說過，這個地方有些古怪……」我道，「雖然他沒有明確說出到底是哪裡古怪，但這個地方的確給我一種很奇怪的感覺，你們有感受到嗎？」

大家都轉過頭來點了點頭，那種感覺就和進入大坑的時候一樣，都是突如其來又逐步增強的。

這次我感受到的是一種既迷茫、卻又懷有希望的感覺，實在是很難用單一的詞彙來形容我心中的感受，畢竟連我自己也不太清楚體會到的究竟是什麼。

「感覺是從進入這個地方後開始產生的，我想這點大家應該都相同吧？」阿源問道。

除了阿源以外的其他人都點點頭。

「也就是說，和走進大坑的時候一樣，我們可能已經進入到那些綠霧影響的範圍了──不知道大家有沒有留意到除了這件事以外的其他異樣？」

「還沒有。」我道，「倒是附近的東西好像變得更綠了──我想這應該不是因為附近的樹木比較茂盛的關係。」

「那些是霧，黃允行說過，這個地方的霧是綠色的。」阿源道。

整條路的山路都非常狹窄，這使我們想起了那個地道，但這似乎不是異常現象，而是這條山路本來就如此。值得慶幸的是，似乎沒有任何岔路出現，從頭到尾都是一條直路，如果發生什麼問題，只要回頭就一定可以回到學校去。

沒錯，從現在的情況來看，這次搜索應該是我們所有行程中最安全的一趟了。

──除了那個人的出現。

「你們還真的到這個地方來了。」仇柏希靠在山邊的一堵泥牆上，側臉看著我們，「沒想到你們竟然能避過那些老師走到這個地方，看來你們還是有點能耐啊。」

「我們有多少能耐自己心知肚明，不需要找別人為我們測試。」我冷冷道。

「哼。」仇柏希冷笑了一聲，再也沒有回應我們的話。

「你叫我們來這個地方，到底是為什麼？」我見仇柏希沒有說話，就開始問起其他問題，「你之前說過要我們到後山這裡來的……」

「沒錯，但你們還沒有走到我要你們去的地方。」仇柏希道，「其他的事情，就在這座樹林的深處見面時再說吧。」

仇柏希揮了揮手，往林中最為暗淡無光的位置走去，在他走進深處的同時，也可以看到他的身影漸漸消失，就像我在學校走進濃霧之中一般。

「喂！等等！」我想叫住他，但仇柏希連回頭也沒有，就這樣消失在陰影之中。

「裝什麼神祕啊。」阿源抱怨道，「算了，反正到目前為止，我們還沒有找到這個地方的異常之處，在沒搞清楚這個地方的構造以前，還是不要輕舉妄動比較好。」

「那我們就繼續向前走吧。」我領著其他人繼續向前，「我可不想讓那傢伙等太久，既然他在深處等，那我們就到深處去吧。」

72

「……找不到。」

已經過了三十分鐘，我們還是找不到繼續前進的路，所有看似能通過的路都被樹木或石塊等東西堵住了。

「我們該怎麼辦？」阿源問道。

「別問我，我又不是仇柏希。」我煩惱地回答，「這裡明明應該只有一條直路才對……那傢伙到底上哪去了？」

不論我們怎麼看，這裡都沒有任何一條可供人行走的路，眼前我們所站的地方已經是盡頭了，一塊三米高的大石，以及無數的碎石在側邊點綴。

「可是，仇柏希應該不會走進樹林裡去才是……靠山的那一邊都是完全無法攀爬的峭壁，另外一側則是懸崖，那裡甚至可以看到我們學校的天台，跳下去應該會死的。」潘菁妍看了看兩邊以後道。

「那麼，剩下的可能性就只有這裡了。」我道，「仇柏希可能爬過這塊石頭，走到石頭的另一邊去了。」

「我想應該只有這條路可走了。」阿源道，「來，我們一個一個爬上去吧。誰先來？」

大家都凝視著阿源。

「咦？平常不都是女士優先的嗎？」阿源訝異道，「算了，那我先來吧。」

阿源把雙手放在大石頭上方，開始爬起來。在掉下來幾遍以後，阿源發現側邊的碎石剛好可以拿來當踏腳石，就非常順利地爬到頂端了。

「你們捉住我的手，大家一個接一個過去。」阿源把手伸下來對大家道，然後他便依序拉起了謝梓靈、王亮端、潘菁妍以及妹妹到另一側去。

「呼……好累啊。」阿源說完，就往另一側跳下去，「你自己爬吧，我想以你的能耐應該能輕鬆過來才是。」

「我一點都不想在這種時候被人稱讚啊。」我無奈道，「你能不能回來？」

在聽不到任何人的回應後，我嘆了口氣，獨自爬過了那塊石頭，並躍下到另一側，才一看到那邊的情況，我就留意到霧變得更濃，周遭植物也因為霧氣的覆蓋，看起來更綠了。

其他的人已經在等著我。

「這裡果然還有路。」我看著面前的這條泥路說道，「看來那塊石頭應該是在不知什麼時候掉下來的，剛好封住前面的路。」

「我們好歹也身在市區，而不是在什麼深山野嶺啊，怎麼你們學校後面有這麼一大塊地，都沒有人在管的？」妹妹問道。

「這個問題，就讓這位元老來解說吧。」阿源指了指我，「這幾年我每天只會進出電腦室，對學校周圍的事情一點都不熟悉。」

「……那就交由這位超級元老來解說吧。」我決定把炸彈交給謝梓靈，「老實說，我從來沒去過這個地方，平常也只有從五樓以上的窗戶才能看到這裡，對這裡的事也一無所知。」

「我也只是比你早畢業一些而已。」謝梓靈瞪了我一眼後道，「讓我想想……的確，很久以前我好像聽學校的老師說過這裡的事……」

「他說了什麼？」我們問謝梓靈。

「他說，這個地方以前其實是一條自然步道——你們也知道，這間學校已經有數十年的歷史了，可是這條自然步道比學校更早出現，應該還早個二、三十年左右吧。」

「那時候，這裡還不屬於都市的範圍，別說大廈，就連房子也看不到幾間，所以政府就把這地方其中一條山路設置成自然步道使用了。」

「到後來，大廈越建越多，這裡也變成了市區，作為一條自然步道，起點到終點卻都位在市區，實在不符合自然步道這個稱呼，慢慢就荒廢了，變成現在的樣子。」

「所以，我們現在走的路，以前都是自然步道的一部分囉？」我道，「沒想到妳竟然如此熟悉一百年前的事，妳的資歷果然夠老啊。」

「對啊，說不定那個現任的年輕校長，知道的都沒妳多。」阿源附和。

「我說你們啊……真的這麼想惹事生非嗎？」謝梓靈握緊了拳頭。

「好，解說完畢，我們出發吧。」無視謝梓靈的話，我們決定繼續往前走。

沿著路又走了十幾分鐘，我們就在一個樹木更密集的地方，發現了一條由許多樹木左右堆積而成的「通道」，就位在峭壁的那一側，而且似乎可以從這條通道走到山上。

「這條泥路已經到盡頭了。」我看著原本走的那條泥路，「我們改走左邊的那條自然隧道吧。」

「但這條路看起來……很不自然，哪有樹這樣生長的？」阿源道，「就像那個大坑一樣，這很有可能是白霧產生以後，才出現在這個地方的。」

「這樣更好，省得我們找。」我說完，帶頭走進通道之中，「大家跟著我吧，我們就進去那個地方——」

「小心！」

潘菁妍把我拉了回來，兩根箭矢也在這時，高速射向我原本站的位置。

「找東西掩護自己，快！」阿源大叫。

我們聽見，連忙躲到樹幹後頭找掩護。

尋找箭射來的方向，我發現有五名老師手上各自握著連弩，正朝我們的方向走來，我們一旦走出掩護範圍，就會被那些人射中。

「我曾經看過有學生拿木頭和繩子之類的東西，做出了類似、又能使用的連弩，那東西後來被輔導老師收走了。」阿源道，「那些老師還真有心，竟然照著那個東西，生產出大量的複製品了？」

73

「現在不是研究他們怎麼製造出這些東西的時候！」我大叫，「那些人快要走過來了，我們手上都是近距離才能造成傷害的武器，如果他們繞過這些樹的話，我們會被各個擊破的！」

「我知道了啦……你不用這樣大叫，我的耳朵都快受不了。」阿源摀耳說道，「我想到一個辦法，就看你願不願意嘗試了。」

「盡量簡短說明。」我伸出頭查看那些老師的位置後，又迅速地縮回頭以免被箭矢射中。

「我跑出去引開他們的注意力，你們趁機攻擊他們。」阿源道，「夠簡短了沒有？」

「不是不行，但是太危險了！」我道，「如果我們來不及制服他們全部的人，你被箭射中的話該怎麼辦？」

「反正只要不是致命傷，就能慢慢恢復了吧，我會護住要害的，放心吧。」阿源道，「其他人怎麼樣？你們有信心搞定那些老師嗎？」

「我不確定。」王亮端擔憂道。

「不確定也要確定，他們過來了。」阿源也看了看前方，發現那些老師就快走到我們面前時，回頭說道，「如果沒有其他計畫，就用這個吧——我數三聲就跑出去，你們先不要攻擊，默數五秒再出來。」

說完，阿源就提著太刀，發瘋般衝到外頭。

那些老師見狀，隨即朝阿源不斷射擊，阿源側身閃過其中幾根箭矢，又揮刀打走一根飛向他身上的箭矢。

「我們離開學校的那三個星期……阿源一定發生了什麼事。」我喃喃道，「以前的他怕事又膽小，更不會替人著想……不是我說他壞話，他以前真的是這樣啊。」

「你再說下去，阿源就要被他們射死了！」妹妹著急道，「我們快點出去吧！」

「好吧，等我下指示，大家一起衝出去。」我道，「準備好……走！」

我一說完，其餘的人各自握著武器，衝向外頭跟那些老師戰鬥起來，因為他們已經很接近我們了，所以只要走十幾步就可以到達他們旁邊。

「你們的錯誤，就在於你們把連弩當成槍來用！」我叫道，舉起短刀砍向離我最近的那名老師，「哪有人邊走近敵人邊射箭的？」

「哈。」沒想到那名老師冷笑起來，在我幾乎要砍到他的時候，以一把應該是從校工宿舍拿來的鋸子，擋住了我的攻擊，「那你的錯誤，就是以為一個人只能帶一樣武器。」

同一時間，其他老師拿出了自己的近戰武器，開始與我們交戰。

「可惡，正面交鋒的話，我們可能會……」事實上，我們隊伍只有四個人能夠戰鬥而已，王亮端和妹妹根本無法算入戰力，我擔心地望向妹妹，深怕她會被那些老師傷到。

「看什麼看？先管好你自己吧！」那老師說完便舉起鋸子劈向我。我及時躲開，並後退了幾步。

「啊啊啊啊啊！」此時，阿源回來了，提著太刀斬向那些老師。其中一名老師沒有留意，就被從後方偷襲的阿源一刀刺死，這也讓部分老師的注意力集中到阿源身上。

「我把你剛剛說的話原封不動地還給你！」我說完，舉起刀在那名提著鋸子的老師的頸部劃出一條長長的傷口，那名老師隨即倒地。

「死吧！」有名老師看見了妹妹，衝過去想攻擊她。

我見狀，連忙上前擋下那人的斬擊，身旁的謝梓靈也在這時衝上前殺死了那名老師。

潘菁妍和王亮端正跟那些老師對峙著，發現其他老師紛紛倒下後，剩下的老師似乎想掉頭逃跑，但在身後的阿源把關下，沒有人能衝出我們的包圍網，於是那些試圖逃脫的老師就被後來趕上的我們全部收拾掉了。

當那些老師全部死光以後，我終於鬆了一口氣。「沒想到你出去引開他們的注意力，只是計畫中的第一步，回來的時候也造成了另一次的奇襲啊。」我說道。

「哈，這只是無心插柳而已。」阿源抓抓頭，「我們要不要拿走他們的連弩？以後肯定用得上。」

「那當然，那些比較好的武器也搶過來吧。」我點頭同意，「他們也用不著了。」
我們拿走老師們手上的連弩，並搜索他們身上的東西。
我發現其中一名老師的手上有另一把刀，大小似乎和我手上這把從家政教室搶來、就一直沒換過的短刀差不多，但因為刀身變長了，攻擊範圍也變廣了不少。
「那麼，是時候說再見了。」我自言自語，把短刀插進附近的地上，接著拿起了那名老師的連弩、箭矢和那把刀。
「都拿好了吧？」阿源問道。眾人聽見，紛紛點頭。
「那我們出發吧，朝這個通道前進。」我說完，指了指眼前那不太自然的自然產物——由樹林堆砌而成的隧道。

74

才一踏進隧道內，我就發現周圍的東西變得更綠了，應該是因為附近的綠霧變得更濃的關係。
「這裡的霧還分成三個層次啊。」我說道，「每走進一個新的地方，周圍的霧也跟著變得更濃了。」

「這個地方會不會像上次一樣……慢慢地變窄？」王亮端不安地問道，「總覺得這地方的樣子和大坑那裡差不多，只不過這裡是被樹包圍而不是石壁。」

「變窄？什麼變窄？」潘菁妍問道。

「呃，那件事我們回去再說吧。」我制止了潘菁妍的好奇心，大家誰也不想回憶起在地道裡發生的事，特別是在這種地方。

「這裡和那個地方，還是有很多差別的，至少在這裡我們看得見天空啊。」謝梓靈看著上方道，「比那個不見天日的地底要好上幾百倍。」

「我同意。」妹妹點頭。

說到這裡的同時，我們已經走了大約五分鐘，之後大家就一直沉默不語，左右張望、看著那些樹的模樣，直到我們之中有第一個人察覺到其中的異樣。

「你們看……」王亮端指著其中一棵樹，「這棵樹好像有一個很明顯的開口啊，就像是被什麼東西撕開一樣。」

我們望向王亮端指著的那棵樹，的確如他所說，那棵樹的樹幹上出現了一個拳頭大的開口，很明顯不是自然形成，而是人為的。

「該不會是有什麼人到這裡來發洩，一拳打在這棵樹上，把它打出了一個洞來？」我猜測道。

「如果是這樣的話，這個人的臂力可以創金氏世界紀錄了。」妹妹白了我一眼。

「如果真的是這樣，那這個人一定非常生氣。」阿源指了指前方的樹，「你們看，這裡的樹都有同樣的開口。」

如同阿源所說，從王亮端發現的那棵樹開始，在它後方左右兩側的樹，都有著同樣大小的洞口。

「我們再向前走，看看接下來會怎麼樣。」

我們不斷朝樹林深處前進，但無論我們怎麼往前走，見到的東西幾乎一模一樣，同樣的路，左右兩側的樹。

唯一不同的，就是隨著我們越深入樹林，後方樹的洞口也變得越來越大。

由起初只有一個拳頭大小，到有一個人頭顱大，到現在，那洞口幾乎能讓一個人鑽進去了。

「……我不記得我們學校的後山有這麼大，能讓我們走這麼遠的距離。」我說道。

「也許，它是想讓我們看見整個過程。」謝梓靈看著那已經有半個人大的洞口道，「照這樣的規律，如果走到最後……」

「不用走到最後了，看看這個。」阿源走上前，指向更遠處的那棵樹，洞口正在發著光。

我們走近那棵樹打量著，發現在它之後的樹，都和這一棵差不多，但有著更大的開口，以及更刺眼的光芒。

「這洞口看起來好像能通往什麼地方。」我伸手摸向發光的洞口，卻發現自己的手被一道無形的牆所阻擋。

「咦？」反覆試了幾遍，到後來甚至是用手來回敲打洞口，我還是無法把手伸進洞裡頭。

「會不會和在藍霧那邊一樣，都是我們的幻覺？」阿源道，「這些樹其實都是假象之類的。」

「可是，這次我們看到的東西，都是位在相同的位置，沒有因為人的不同而出現變化啊。」我伸出手摸向洞口，「你們說這棵樹的洞口在哪裡？」

大家的手都指向了同樣的位置。

「不如你先退開，讓我們其他人試試看能不能穿過去？」妹妹說完，我就識相地往後退。

於是，由妹妹開始，阿源、謝梓靈他們都上前把手伸向樹洞，都得到相同的結果。

「妳呢？」我問潘菁妍，「要不要試試看？」

「總覺得試了對我要做的事沒什麼好處……」潘菁妍低聲道，「這也是直覺的一種，我還是不要試了。」

「我覺得妳這只是迷信的一種。」我轉身問王亮端，「那你呢？你要不要試試看？」

「好吧……」王亮端說完，戰戰兢兢地把左手伸進樹洞內，出乎眾人意料的事情發生了。

王亮端的手竟然能穿進樹洞裡。

「什麼？」不僅是王亮端，連我們也有相同的反應。

王亮端看見自己的手能穿過樹洞之後，就試著一直往前走——起初只是一隻手臂，慢慢的就變成半個身體，到後來則是整個人都走進樹洞裡了。

「我成功了！」身在樹內，王亮端對著外頭的我們有點興奮地說道，「現在我要做什麼？」

「不如你試著走進裡頭，看看有什麼東西？」我提議，「如果有什麼特別的東西，記得拿出來給我們看。」

「哦。」王亮端點了點頭，就往樹洞的另一端走去，由於強光的關係，我們只看到他走了幾步，就再也看不到他的身影了。

「記得回來啊！」看不到王亮端的身影後，我不禁有點心慌，連忙喊道。

「知道了！」王亮端的聲音從遠處傳來，但這棵樹明明只有兩、三個人的寬度而已。

於是，我們就待在原地等候著。

兩分鐘過去了，五分鐘過去了。

「王亮端？你在嗎？」我大叫道。

沒有任何人回應。

八分鐘過去，十分鐘過去。

「王亮端？」

還是沒有人回應。

我面如死灰地望向大家，其餘的人也以同樣的臉色望向我。

「王亮端……到底去了哪裡？」

我們誰也無法回答，這個不知道由什麼人提出的問題。

75

在那之後，我們仍然在那洞口等待了好一段時間，但還是沒看到王亮端回來。

「這樣吧。」到最後，阿源做出了決定，「我們先繼續往前走，待會兒回程的時候再來這邊找王亮端吧。」

「要是他回來以後看不到我們，那該怎麼辦？」妹妹問道。

「如果發生這種事，也是他自己的問題。」阿源說完，整理身上的裝備，準備再度出發，「他明知道我們在外面等他，卻還要在裡頭探索這麼久，出來看不到我們也是他活該。」

「如果……他是因為遇到了什麼危險，才出不來的話……」謝梓靈說道。

「那我們也幫不了他。」阿源注視著大家，「我們誰也進不去，即使他遭遇不測，也沒有人能進去幫忙——真是的，你們到底以為自己在做什麼，郊遊嗎？」

「我一直覺得我們的行為都太過單純了。身在這個世界，弱肉強食才是唯一的法則，任何同伴都只是利益上的關係，必要時只好捨棄的存在。」阿源說這番話的時候，視線望向我，「你們都還沒有這樣的覺悟。」

「我不覺得我這樣做，會為目前的狀況帶來什麼好處。」我道，「至少，現在的我們還沒有任何問題。」

「還沒有問題，不代表沒有問題！」阿源怒道，「還是說，你要等某個人死了，才願意接受這個做法？」

「你在生什麼氣啊！不就是等一個人，用得著這樣嗎？」我被阿源一罵，也忍不住回罵他，「以前的你絕對不會這樣的，我們不在的那三個星期，你到底發生了什麼事？」

「對不起，無意打斷你們的討論。」

我們循聲望過去，看到樹林通道的盡頭站著一個熟悉的人影——他不是王亮端。

「仇柏希，這就是你所說的，樹林的深處嗎？」阿源道，「你要我們來這裡的目的是什麼？」

「目的嗎……說起來，我還真的要感謝你們啊。」仇柏希往前走了幾步，獰笑道，「謝謝你們為我除掉那些不服從我的人，當初我把那些人集中起來、調到後山去的時候，他們也有不少意見啊——都是一群煩人的傢伙。」

我聽完，不禁看了看自己手上的連弩。

「當然，這並不是我要你們來這裡的目的，你們除掉他們，對我來說也只是額外獎勵而已。」仇柏希道。「到目前為止，你們是唯一一群到過藍霧那邊又活著出來，然後又到這裡來的人。你們當中某些人的戰力也強得令我有點驚訝，完全不像一名學生啊。」

「你看起來也完全不像一名老師。」我譏諷道。

以我自己來說，從小時候開始，到升上中四以前，我都是這樣打過來的，其他人我雖然不太清楚，但至少不會是文弱的學生才是。

例如謝梓靈，她在畢業前就屢次打破學校運動會的紀錄，那些紀錄自她畢業以後，也沒有人再打破過。

唯一感到奇怪的，也許就只有阿源他了。

「總而言之，我就單刀直入說吧。」仇柏希道，「成為我們的一份子，或是死在這裡——你們知道的事情，讓你們只能從這兩條路，二選一。」

我們愣了愣。

「當然，你們不需要以一群人來做決定，各自選擇不同的立場也可以，我知道你們剛剛好像因為一些事情而發生了爭執啊。」仇柏希看著阿源笑了起來，「弱肉強食的世界——非常成熟的想法，你或許可以成為這個地方活得最長的人也說不定。」

我看向阿源，阿源的雙眼正瞪視著仇柏希。

「事到如今，我也不介意說出真心話了，我是故意看那些學生打起來，而不採取任何行動的，因為這裡的人數太多了，完全無法管理，讓他們打殺就好，整間學校的人變少了，資源分配也比較輕鬆。」仇柏希道。「你們應該感到慶幸，因為你們正是我的計畫中，能夠留下來的其中一批人，當然，這也要看你們的選擇。那麼……」

仇柏希的視線掃過我們每一個人。

「你們是要跟著我，還是死在這裡？」

幾乎在同一時間，我們都做出了同樣的選擇。

76

「不。」我們異口同聲地說。

仇柏希看了我們一眼，若有所思地點了點頭。

「你們的回答我早就料到了……」仇柏希道，「只是阿源，為什麼你也不願意呢？」

「的確，投靠你的話，可以得到更多保障，無論是食物、人身安全，都不再是我需要擔心的問題……」阿源道。「只是，剛剛聽你說你故意設計殺了那些不服從你的老師，我想下一次遭殃的也可能是我，馬上就打消念頭了。更何況，聽你的語氣，你似乎完全不想離開這個地方啊。」

「我只是不想把時間花在這些虛無縹緲的事情上而已。」仇柏希說完，取出了開山刀，「我沒必要為那些不可能找到答案的問題浪費時間。」

和以往不同的是，仇柏希取出的開山刀不僅僅只有一把而已。

他的左右手，都各握著一把開山刀。

「不是說不要模仿動漫裡的角色嗎？」我道。

「我那時候說的是，不要看了一些動畫，就以為拿著兩把刀的人比較強，你也要有這樣的能力才行。」仇柏希說完，就拿著開山刀不怕死地往我們的方向衝來。

這時候我才發現，自己身處的位置其實是非常不利於戰鬥的。

我們所在的通道最多只有兩米寬，只能讓兩到三個人同時並排，而且三個人並排就無法移動身體，所以變成我和阿源在前方，妹妹她們在後方的情況。

正因為環境狹窄，阿源手上的太刀無法自由揮動，不僅人數優勢消失了，連戰鬥能力也跟著削弱。

要解決這個問題，唯一能做的事情只有一件。

「啊啊啊！」我拔出剛剛從那些老師手上取得的長刀，在仇柏希接近阿源之前用長刀擋住他，「阿源！儘管把你手上的武器當成槍刺向他就好，不要在這個地方揮動它！」

「不用你說我也知道！」阿源說完，雙手緊握太刀，朝著仇柏希的頭顱戳去。

只是，仇柏希沒有如我想像，用兩把刀擋住我的攻擊，他只是以慣用的右手擋住了我的長刀，左手提起另一把開山刀護住自己的臉部，擋下了阿源的太刀。

「這傢伙！」我怒道，「果然還是一樣不像個人啊！」

「對我來說，這真是最佳的讚賞。」仇柏希說完，提起腿往我的腹部踢來，我冷不防被這一腿踢中，倒在後方的地上。

這時候，後方的妹妹握著從那些老師手上取得的連弩，朝仇柏希射出了一根箭矢！

「哦？物盡其用，真是環保啊。」

由於妹妹無法從其他角度射出箭矢，仇柏希輕易地揮動右手的開山刀就擋住了那根箭矢，接著，他更往妹妹的方向衝去。

「小心！」倒在地上的我，朝仇柏希的方向扔出自己的長刀，迫使他必須暫停攻擊妹妹的動作，側身閃過我的長刀。

而這時候，潘菁妍和謝梓靈各自拿著武器，從後方斬向仇柏希，再加上從後面趕過來的阿源，仇柏希現在可以說是被前後包圍了。

我急忙衝到附近的地上取回長刀，和之前一樣，仇柏希一定會在關鍵時刻擋下所有的攻擊，然後對每個攻擊他的人做出反擊，只要我能在他這麼做之前制服他，一切就會結束了。

只是，我怎麼也沒想到，仇柏希竟然接住了所有人的攻擊。

不論是潘菁妍她們的斬擊，或是阿源從後方刺來的太刀，仇柏希就站在原地接住了所有的攻擊，唯一值得注意的，也許是他們的攻擊剛好都不在仇柏希的要害。

承受住三方的攻擊，仇柏希的嘴角微微向上抽動。

「將軍。」

仇柏希張開雙手，如同陀螺般轉動起自己的身體。

因為正在攻擊仇柏希，大家都無法做出任何躲避與格擋的動作，反而必須在放棄攻擊仇柏希、或是承受他的攻擊之間做出選擇——沒錯。

我打了個寒顫。

就像在家政教室那時候一樣。

雖然手上仍然插著武器，仇柏希在轉動身體的過程中，被那些刀刃拉扯出更大的傷口，但他完全沒有理會這件事，仍然揮動著手上的開山刀。

最後，包括他在內的所有人，全都受到了傷害，阿源他們三人的手，都被仇柏希的刀斬傷，因此只能後退。

「你們不應該往後跑的，剛剛是唯一殺死我的機會。」仇柏希道，「現在，你們的慣用手都受到了傷害，我只是無關痛癢的地方受傷而已——你們明白我的意思嗎？」

仇柏希說完，舉起開山刀斬向離他最近的阿源。由於才剛剛後退的關係，阿源根本沒有擋住攻擊的時間，附近的人也來不及伸出援手。

「阿源！」我驚叫出聲，看著仇柏希拿起開山刀，準備斬下阿源的頭顱——

接著，仇柏希的左手就中箭了。

從遠處飛來的箭矢，貫穿了仇柏希的半隻手臂。

原本正打算把開山刀送進阿源頸椎的仇柏希，中箭不但使他停止了手上的動作，更因此慘叫起來。

我原本以為那一箭是妹妹射出的，但很快就發現，以我們的位置，妹妹不可能從仇柏希的後方射出箭矢。

就在我們的面前，仇柏希的身後，有一個來歷不明的人，朝仇柏希的手臂射了一箭。

「不可能！」仇柏希怒目望向遠處，迅速地朝那人所在的方向衝了過去。

「別想逃！」我拿起手上的連弩對仇柏希射擊，仇柏希的背部頓時中了一箭，但他並沒有因此減緩速度，反而拿起武器繼續攻向遠處的那人。

只見那人不慌不忙地取出腿間的鐵鎚，擋住了仇柏希的攻擊，而仇柏希也僅僅僵持了一會兒，就用力推開了那人的手，繼續往前方的路逃跑。

仇柏希離開之後，我和其他人看著遠處的那人往我們的方向慢慢接近。

「……沒想到你們竟然還活著。」

黃俊傑走近我們，如釋重負地呼了一口氣。

「你們沒事真的太好了。」

我和其他人呆站在原地，看著這名「已經死去」的人。

只有不知道狀況的潘菁妍和謝梓靈，仍然保持平常的情緒，以疑惑的表情看著我們。

「怎麼了？他是誰？」潘菁妍問道，「熟人嗎？」

「當然了。」阿源走上前，看清楚這個人的模樣，除非這個世界也有機器，可以讓某人進行整容手術，不然他肯定就是如假包換的黃俊傑。

「我之前也回去過學校一次，但是沒看到你們任何一個人啊，你們到底在哪裡？」黃俊傑問。

「回去學校？你不是一直都在學校嗎？」阿源道，「從家政教室那次之後，不僅沒有你的消息，就連屍體也找不著。當然，基於這個地方的異常特性，我們還以為你被仇柏希殺死以後，屍體就送到湖裡了。」

我勉強地點了點頭，雖然我的確沒有在湖裡看過黃俊傑的屍體，但我也沒有一個一個確認屍體的身分，所以那時候也相信阿源的推斷。

「異常特性？湖？」黃俊傑問道，「你們指的是什麼？」

「這些事情還是之後再說吧。」我決定打斷黃俊傑的好奇心，作為一名專業的情報收集員，他這一問肯定會問上一個多小時，所以在這件事發生之前，我們還是先搞清楚黃俊傑為什麼會活著比較好。「你是怎麼逃出去的？」

「用得著逃出去嗎？裝死就行了。」黃俊傑理所當然地回答，「雖然，仇柏希臨走前在我胸口補上了一刀。」

「也許是因為你們還在外頭逃竄，他很急著想追上你們的關係，所以捅我的時候沒有插中要害——但還是很痛啦，不過傷口好像很快就癒合了——後來我才發現，身在這個世界的人，好像都是這樣。」

「等我恢復之後，我就偷偷從家政教室跑到下面，想回教室那邊找你們。但到處都找不著，而且那些老師也在搜索我們的行蹤，所以我就離開學校了，跑到這個後山。」

「根據我以前從校工那邊得到的資料，這座山上有一間小屋，是校工他們的，也有一些儲備糧食，就決定躲到這個地方來。」

「為了跟你們會合，我好幾次回到學校搜索，但每次不是碰上老師封鎖大門，就是溜進裡頭看不到你們，我還以為你們全都被仇柏希捉住了，一直到現在。」黃俊傑一口氣把自己的經歷講完。

「你找不到我們很可能是因為，我們那時候在校工宿舍而不是在學校。」阿源想了想說道，「而且我們大部分的人在那個大坑裡逗留了一段很長的時間，所以你在外頭是找不著我們的。」

「這樣啊……」黃俊傑道。

我看著黃俊傑沒有說話，因為我不知道該說什麼才好。

當然，看到他活著，對我來說實在是件欣喜若狂的事，但我絕對不會說出「你沒有死真是太好了！」這種講起來肉麻、聽起來會起雞皮疙瘩的話來。

「你瞪著我幹嘛？」黃俊傑望向我疑惑問道，「我臉上有什麼東西嗎？」

「你這小子竟然沒有死，這個世界還有天理嗎？」我決定用最直白的話表達我現在的感受。

「這才是我要說的話。」黃俊傑白了我一眼，「總之，你們都沒有死實在是太好了！雖然這裡好像多了一些我不認識的人，少了一些原本在隊伍的人，但我相信其他人應該沒事，對吧？」

黃俊傑望向阿源，希望阿源能給他一個滿意的答案。

「大致上是這樣沒錯。」阿源道，「除了王亮端以外，其他人都還活得很好。」

「王亮端是誰？」黃俊傑問道。

「啊，對不起，忘了你不認識他。總而言之，有一名後來加入我們隊伍的學生，在剛剛的搜索中失蹤了。」阿源拍了拍頭，指向後方的那些樹，「他剛剛穿進了其中一棵樹的洞口，就再也沒有回來過。」

「他穿進了……那些樹？」黃俊傑瞪大眼，「那些樹洞不是不能走進去嗎？他是怎麼做到的？」

「我們不知道。」我道，「這也是我們來這邊的原因。你說你一直躲在這邊，那你應該對這個地方有一定的認識了，有發現什麼奇怪的事情嗎？」

「奇怪的事情……我覺得這些樹已經夠奇怪的了。」黃俊傑苦笑道，「說起來，我躲藏的那間小屋裡，好像也有奇怪的東西，你們要去看看嗎？」

78

黃俊傑在前方替我們帶路，眾人在後頭跟著。

「那些老師不是都在這裡搜索嗎？你卻一直躲在這裡……」我道。

「那些人來這裡只是一星期之前的事情而已，」黃俊傑道，「他們的目的似乎是為了擋在這裡不讓任何人進入，不過我早在他們封鎖入口前就躲進那間小屋了，他們也沒發現一直看守的地方早就多了個人。」

「雖然我在來到這裡之前搜集了很多情報，但不管是哪一項，都沒有告訴我這地方有這樣的樹林，以及這些詭異的霧氣。」黃俊傑望向那些位於左右兩側發出刺眼光芒的樹群和洞口。

「這幾個星期，我一直在研究這些樹，除了知道它們會發光，和排列得十分整齊，就沒什麼特別的地方了。直到剛剛，我才從你們口中聽到那些樹原來可以鑽進去。」

「你有試過破壞它嗎？例如用斧頭砍它之類的。」妹妹道。

「當然有試過，但我想那些東西不用炸彈是破壞不了的。」黃俊傑道，「我已經為此弄壞了自己的武器，幾經辛苦才從那些老師手上偷到這玩意兒，我可不想再試一遍。」

最後一棵樹的樹身幾乎都被洞口貫穿了，而我們終於看到了出口——那是一個巨大的盆地，四周都是山崖或樹林，在盆地的中心，有一間簡陋的木屋。

「我說……我們學校真的有這樣的山嗎？」我愣愣問道。

「我相信沒有，而且這間木屋也不在這裡。」黃俊傑道，「不過我們沒有來過這個地方，所以也不能妄下定論。」
「這應該又是那些白霧的把戲吧。」阿源道，「你不是說要帶我們進去嗎？」
「別急啊，它又不會跑掉。」黃俊傑上前拿出鑰匙，打開了門，「好，進來吧。」
我們一個個跟著黃俊傑走進木屋中，也看到了它的樣子。
「只是另一間校工住的房間而已，沒有什麼特別啊。」我道，「你說的奇怪的事情是什麼？」
正如我所說的，這裡和波叔住的地方，唯一的分別僅在於它是木造的而已，「不過，木造的建築物還真少見啊，除了旅遊節目以外，我想不到任何能看到它們的地方。」
「起初我來這裡的時候，也是這樣想的。」黃俊傑說完，走近一個鐵櫃，「不過當我看到這東西的時候，就打消這個想法了。」
黃俊傑打開鐵櫃，從裡頭取出了什麼，將它遞給我們看。
「這是……我們在湖裡看到的人像！」謝梓靈驚道。
黃俊傑手上握著的，是和我們在湖裡拿到的差不多、同樣是小一號大小的人像，和湖裡看到的一樣，人像的樣貌都極其模糊，唯一可辨識的，只有基台上的文字。
「你說你們在那個地方也看到同樣的東西？它也寫著這句奇怪的話嗎？」黃俊傑把人像放到我們眼前，「你們看……『退貨數目：1』——咦？」
黃俊傑說完這句話後，陷入了沉默。

「怎麼了？」我問黃俊傑。

「……數字不同了。」黃俊傑低聲道，「我剛來這裡的時候，刻在基台上的數字都是零，但你們來到這裡之後，它就變成1了。」

整間木屋開始變得死寂。

「……如果這東西的作用，和我們在湖裡看到的差不多，那它應該也是用來記錄某種狀況的儀器。」我想了很久，還是決定用「儀器」來形容這個玩意兒。

「嗯，有同感。」大家都點頭同意。

「喂！別再打啞謎了，你們指的到底是什麼？」黃俊傑有點生氣道，「不要把我當傻子看待！既然我告訴你們我在這裡的經歷了，那你們也應該告訴我才對。」

「不是我不想告訴你……只是，我怕你會問問題而已。」我無奈道，「你知道的，你會把筆記本拿出來，摘錄下所有你想知道的事情，然後，一個小時就過去了。」

「我不會這樣做，我也知道什麼時候該分秒必爭。」黃俊傑說，「總之，你用最簡短的幾句話解釋一下你們這幾個星期遇到了什麼吧，我不會問問題的。」

我嘆了口氣，整理了一下思緒後，以最精簡的話告訴黃俊傑，與他分開以後，我們在不同地方遇到的經歷。

「……這樣啊。」黃俊傑聽完，取出了筆記本，「那你能把以下幾個地方，以精簡的話再說一遍嗎——」

「媽的，你給我閉嘴！」我怒道，「別以為換個方式我就會回答你！」

「啊，對不起，我不是故意的。」黃俊傑抓了抓頭，「這是習慣，不是有心的。」

「不過，如果你在我們來之前看到這個東西，但又沒看見它的數字變動過，應該就不會特別留意了吧？」謝梓靈提出了疑點，「為什麼你會形容它是『奇怪的東西』？」

「那是因為外頭也有一個比這玩意兒大好幾倍的人像。」黃俊傑指向木屋的其中一扇窗，「你們看，在山下離這裡有一點遠的地方，也有一個類似的東西，但比這東西大得多了——當然，也可能是因為這東西只是它的複製品而已。」

「既然如此，你為什麼要把我們帶到這裡？」妹妹問道。

「那是因為我忘了帶水，所以順道回來這裡拿。」黃俊傑抓起了一瓶礦泉水，「現在，我們去真正奇怪的地方看看吧。」

79

這回不用黃俊傑帶路，我們就衝往外頭跑向那個地方。

「這東西的樣子，真的和我們在湖裡看到的一模一樣啊……」我踏上祭壇的舞台，拿出懷裡的人像比較，「不同的只有字而已，我這邊的是等待送出：13……咦？」

「又怎麼了？」從後方趕上的黃俊傑問道。

「看來數字又重設了，不過重設以後又死了十三個人。」我苦笑道，「喂，你確定你那邊的數字從一開始就是零？會不會像我們那樣，數字重設以後你才發現？」

「我不知道……可是，我忘了補充一點。」黃俊傑說，「我來到這裡的最初幾天，別說這個地方，就連外頭的通道都沒有，木屋仍然是在資料上說的位置，也就是外頭那條泥路的盡頭。這裡原本只是其中一座山的內部。但在某一天，我突然聽到外頭傳來巨響，等我走來這裡的時候，就已經變成這樣了。」

「你的意思是……木屋移到了這個地方？」我問道。

「不僅僅是移動到這裡而已，實際上，這個地方在巨響發生以前都是不存在的！」黃俊傑叫道，「但那件事發生之後，這個地方也跟著憑空生成了！」

「我想知道，你聽到巨響那一天的確切日期。」阿源用手托住頭一會兒後問道。

黃俊傑思考了一會兒，給出了一個數星期前的日期。

「剛好，和我們發現大坑的日期一樣。」比對過後，阿源得出了結論，「也就是說，這幾個地方都是在同一天出現的，六樓以上的那些灰霧所聚集的地方，應該也是那一天出現的。」

「我們更可以推論，那些老師在這三個地方出現以後，才派人出去看守，這可能是因為他們也不知道會發生這樣的事情，情急之下所採取的措施。」謝梓靈道。

「就是說，連他們也不太清楚這些東西的來源嗎……」我思考著。「我們把話題拉回來吧——如果黃俊傑的話沒錯，的確是這裡的基台出現數字上的變動。」我道，「退貨數目……代表的到底是什麼？」

不論是誰，都在同一時間想到了同一個人。

「王亮端！」我們異口同聲地大叫。

「躲在這裡的這些日子，我也看過那些老師試著鑽進洞口，但和我們一樣，碰到洞口的邊緣就不知道被什麼東西擋住了。」黃俊傑道，「如果王亮端真的能進去，那數字從0變成1這件事，很可能與他有關。」

「當然是真的，我們每個人都看著王亮端走進那個洞裡。」我道，「這裡和湖裡的祭壇還是有不少差別……例如進入的方式。」

「一個是在死後強制被傳送到那個地方，另一個就是……仍然活著？」阿源道，「可是我們都還活著啊！為什麼他能進去，我們就不能？」

「送出、退貨，如果以『人是貨物』這種思維去想的話，也可以推理出這樣的結果。」謝梓靈說，「一個是把人的屍體送出，另一個是把仍然活著的人……」

「退回去？」

在聽到這幾個字以後，我的心裡同時湧現了兩種感覺。

其中一個，自然是能找到回去方法的興奮。但感受更深的，還是「為什麼我們進不去？」的擔憂。

「王亮端和我們有什麼分別？為什麼他能進去，我們不能？」阿源把我和其他人應該也在想的事情提了出來，「大家知道他和我們有什麼分別嗎？」

大家面面相覷，說不出一個確切的答案來。

「讓我把他的事情整理一下吧：他是圖書館管理員，中學二年級，發現圖書館有異樣——這件事好像沒有跟你們說過，還是之後再說吧——獨自在三樓待著，意外地知道很多電腦知識……呃，好像沒有了。」

我列舉出腦海中關於王亮端這個人，以及他做過的事，但還是想不到有什麼特別的事情，可以區分我們和王亮端之間的差別。

「還有一件事，王亮端在坑道裡的時候，看到的牆壁好像是我們當中比較寬闊的。」妹妹道。

「這只能解釋他是一個內心比較堅強的人而已，也不能證明什麼。」謝梓靈說，「你們好像沒有聽我說過，總之，我們後來發現，牆壁收窄的速度和人當時的驚慌程度有關。」

「那唯一的分別到底是什麼啊……」我苦惱地想著。

一直在隊伍中沉默著的潘菁妍，突然問了一句話。

「喂，你們確定我們學校的圖書館，真的有一名叫作王亮端的管理員？」

我們聽見她的話，身體都不約而同地晃動了一下。

「……難道沒有嗎？」我問道，「我很少去圖書館，所以不知道那裡的狀況。」

「說起來，我的確沒聽過有王亮端這個人……」阿源思考著，「我之前有幫學校整理每一年新生的名單，他說他今年中二，但我也沒有在去年的新生名單上看到他的名字，當然有可能是我忘記了。」

「你不是說過，你在三樓看到他的時候，他是獨自一人的嗎？」謝梓靈問道，「那又是為什麼？」

「的確是這樣。」我點點頭，「他說他和其他同學失散了，所以才待在那個地方。」

「他在說謊。」黃俊傑道。

「不可能，他為什麼要這樣做？」我搖頭。雖然除了妹妹以外，大部分的人對王亮端這個人都抱持著不信任的態度，但我還是不太相信，這個看起來人畜無害的小孩，會無緣無故對我們說謊。

「總之，我們值得懷疑他的真實身分。」阿源道，「擁有和我相當的電腦知識，面對牆壁的時候還保持著冷靜……就好像事先知道這一切會發生一樣。」

「那可能只是他的心理狀態比你好而已。」我戲謔道，「還有，他的電腦知識不是和你相當，是比你好。」

「亦穎常，你又來了。」阿源冷冷地看著我，「在這個世界用單純的想法思考一切是行不通的。」

「我看不出他有什麼要欺騙我們的理由！」我惱怒道，「會不會是你太敏感了？」

「我太敏感？那他為什麼能進去那個樹洞？進去以後又不回來？」阿源指著前往樹林通道的方向，「還有，我看到他進去的時候，樣子看起來特別奇怪，就像是知道什麼事情一樣！」

「嗯，這個我也看到了……」謝梓靈低下頭，「不是我們故意要懷疑他……只是，王亮端這個人在我們隊伍中的表現實在是太古怪了，無法讓人不聯想到他在欺騙我們這件事啊。」

「聽到了沒有，天真的傢伙！」阿源對著我怒道，「上了一課吧？」

「別他媽的提出了一個論點，就不斷馬後炮地補充一些沒有根據的論點！」我回罵道，「什麼叫『看起來特別奇怪』？既然你覺得他奇怪，為什麼那時候不說出來？為什麼要現在才說？」

「喂！夠了，我們是來調查回去的方法的，不是來這裡內鬨的！」黃俊傑大喝一聲，走到我和阿源中間打圓場，「想打的話，等回到現實世界再說！」

我別過頭，望向盆地的另一端。

「……總而言之，這就是黃俊傑你發現的所有古怪事情了嗎？」潘菁妍問道。

「沒錯，這裡兩個奇怪的地方，一個是人像，另一個就是那些樹林了。」黃俊傑說完，拿出了從木屋中得到的小一號人像，「當然，還有這個小東西。」

「……這裡的線索應該已經搜索完畢了。」黃俊傑道，「我這幾個星期以來也沒再看到別的奇怪事情，所以應該沒有了。」

「那我們不如先回到學校，搜索一下關於王亮端的資料？」謝梓靈提議道，「如果他確實是我們學校的學生，那學校裡應該有證明他身分的東西才對。不論是圖書館的成員名單，或是班級的座位表，肯定會有一個地方寫著他的名字。」

「同意，既然我們都無法進入樹洞，在這裡待著對我們任何人都沒有好處。」黃俊傑點了點頭，「更何況——退一步想，我們根本還沒搞清楚樹洞到底會通往什麼地方，就斷定它是我們的救贖之處，也太魯莽了。」

「如果沒有其他問題的話，我們就回去吧。黃俊傑，你也會跟我們一起走，對吧？」

「怎麼了，你想拋棄我嗎？」

「當然不是了，你到底在想什麼啊……」

「哈哈，只是想緩和一下氣氛而已，走吧走吧。」

阿源在這場討論中沒有說過一句話，逕自走在隊伍的最前面，而我和潘菁妍則走在隊伍後方。

大家慢慢地循著原路回去。

81

「不要生氣啦，阿源說話是直接了一點，但他只是為你好而已。」潘菁妍道，「的確，在這個地方，需要保持一點警戒心才好。」

「……這個我當然知道。只是，我實在不相信王亮端會欺騙我們。」我抬起頭，「我知道以目前的線索來說，王亮端實在是非常值得懷疑，只是、只是──」

「直覺，對吧？」潘菁妍笑了笑，「你直覺他不會欺騙我們，或是沒意圖這樣做。」

「對，我知道這樣想很幼稚。」我低頭道，「但我就是覺得，他不會是壞人。」

「嗯，我想，你現在的直覺應該和我的差不多。」潘菁妍道，「就是剛才的直覺。」

我愣了愣，望向潘菁妍，這才發現我剛剛跟著潘菁妍的步伐走的時候，她故意減慢了速度。

此刻，我和潘菁妍跟隊伍拉開了一段很長的距離。

潘菁妍看著我，有點悲傷地說道，「接下來我要做的事，如果成真的話，那你也願意像以前一樣相信我嗎？」

我看著潘菁妍，她把手伸向了樹洞——成功的，穿過去了。

「……剛才我們一個個嘗試的時候，我直覺我能穿過去，所以就沒有試了。」潘菁妍把手縮回來，顫抖道。「我沒有進去的原因……是因為我覺得一旦走進去的話，可能就會和王亮端一樣，再也回不來了——但是你，還留在這裡啊。」

我看著潘菁妍，發愣著。

「我真的，真的沒有說謊！」潘菁妍看到我的樣子，有點急了起來，眼泛淚光，「我沒跟大家說，是因為我不想大家瞎猜！我也不知道其他的事情了，真的！」

潘菁妍激動地說著，眼看就快要哭出來了。

我看著潘菁妍，下意識地做出了某種舉動。

「別說傻話了！」我走上前，抱緊了潘菁妍。

「——咦？」潘菁妍愣了愣，雖然我看不到，但我感覺她的臉頰正在發熱。

「別說傻話了，我當然相信妳！」我擁著潘菁妍，認真地大喊，「別問我為什麼！我相信妳的原因，就是因為我相信妳！」

聽起來很幼稚是吧。但這就是我目前真正的想法。

「……哦。」我隱約感覺到，潘菁妍有些尷尬地點了點頭。

我聽完也鬆了一口氣，漸漸放下心來，這樣做她就能冷靜下來了吧——

等等，我在做什麼啊！我驚慌地後退。腦海裡另一道理智的聲音告訴我，我現在的行為，在現實社會被稱作「趁人之危」。

「對……對不起！」我急忙解釋，「現在道歉，妳肯定會覺得我很虛偽，但是，我、我覺得剛才不這樣做的話，妳會……」

「沒關係，不按牌理出牌。」潘菁妍莞爾一笑，「你從以前就是這樣子。」

「對啊，我從以前就——呃……以前？」我頓了頓，沉默了。

我和潘菁妍都沒有說話，兩人互相看著對方。

過了很久，我才說出了這句話。「我們果然，是認識的吧？」

「當然，雖然不知道為什麼忘記了。」潘菁妍道，「但我們肯定是認識的，這次不是直覺了。」

「我們是認識的嗎？哼哼。」我有些得意地笑了起來，「那應該是什麼關係？朋友？還是說——」

潘菁妍紅著臉往我的頭敲了第一下，然後不斷地來回拍打。

「好啦，好啦！」我狼狽地大叫著，「我們要走了，現在就走！隊伍已經離我們很遠了！」

潘菁妍看了看前方，阿源他們早就變成數個小點了。

「那就快跑吧。」潘菁妍說完，奸詐一笑，就直接往前跑起來，「先說好，如果你跑得比我慢的話，我就跟亦穎晴說你做了什麼。」

「喂，在說規則之前就先偷跑，這場比賽一點都不公平啊！」我不滿地叫道，邊說邊追上潘菁妍。

其實從一開始看到潘菁妍的時候，我就有這樣的感覺了。我邊追著潘菁妍邊心想。

但是，為什麼我會忘記了這麼重要的事？

我記得妹妹、記得黃俊傑，也記得學校裡，每一個我見過、認識的人。可是，我就是忘記了。

忘記了，我認識潘菁妍這件事。

82

「你們去哪裡了？」我們跟上他們以後，妹妹看見我們回來，不禁問道，「剛才我們還以為你們穿進了樹洞裡呢。」
原本想戲弄我的潘菁妍，聽到這句話以後嚇了一跳，就再也沒有說話了。
「她在走路途中摔倒了，所以我們停下了一會兒。」我迅速終結話題，「只是這樣而已。」
「這樣啊。」妹妹點點頭，繼續往前走。
潘菁妍見奸計無法得逞，只能氣憤地瞪了我一眼，我則對她報以笑容。
「我們差不多回到後山外頭了，你們最好做一些準備。」阿源在前方以平淡的聲音說道，「不知道外頭會有什麼人在等候我們。」
「把連弩拿出來吧，只要與敵人保持一定距離，我們可以威脅他們就取得勝利。」我道，「這次不是因為太天真不想殺人，只是不想浪費彈藥而已。」
阿源沒有說話，只是繼續走著。
「到了。」一直到抵達出口，阿源才開口，「我們出去吧。」
大家沒有停下來的意思，跟著走到了通道外頭，原本綠色的霧氣頓時淡化了許多，我們終於能分辨出綠色以外的事物了。
「說什麼綠色有益眼睛的人，最好讓他們來這邊逛一圈。」黃俊傑揉著眼睛，「這裡的綠色快要讓我被刺瞎了。」
「他們說的是自然的綠色，不是這種像顏料般的綠色。」妹妹道。

「怎麼樣都好，能回來這裡就是件好事。至少，有你們在，我就不用再怕那些老師了。」黃俊傑哈哈大笑，「仇柏希也中了我一箭，今天真是個幸運日啊。」

「有人說，如果把這一天的幸運用光，接下來做什麼都不會順心如意的。」我道，「現在才晚上六、七點而已，你最好省點用啊。」

「當然，當然。」黃俊傑點點頭，「那我們回去學校囉？」

「等一等。」在前方帶領隊伍前進的阿源突然停了下來。

「怎麼了？」大家問道。

「亦穎常，你剛剛說，那個人像上的數字是13，推斷它之前應該有重設過嗎？」阿源對我問道，「你再把它拿出來一下，看看它有什麼變化。」

「應該不會有變動吧？畢竟學校那邊的戰鬥已經停止了——」我拿出人像查看，卻被上面的數字嚇到了。

「等待送出：21。」

「可以確定學校裡仍然有事情在發生。」阿源道，「畢竟，剩下來的人也不多了。」

「難道……」我想到了仇柏希，「那些老師出來清除剩下的人了？」

「我想應該不會。」阿源搖搖頭，說出了他的推論，「那些老師的目的是在不消耗他們任何一人的情況下，減少剩下的學生人數，進而獲得最後的支配權。」

「也就是說，他們不可能在局勢還不太穩定的狀況下就出來解決剩下的人。就現在的狀況看來，還有黃允行、葉震霆他們，任何一方都能對老師構成足夠的威脅。」

「挺有道理的。」謝梓靈點點頭，「而且你們也看到了，他們特地把人分散到各個出入口看守，一旦戰鬥起來，不只戰力分散，就連調派人員也變得非常困難，所以應該不會出現這樣的情況才對。」

「那就是黃允行他們又和葉震霆打起來了？」妹妹問道。

「這也有可能，但我覺得機會比較低。」阿源想了想以後道。

「他們剛剛才打過一場兩敗俱傷的仗，應該不會這麼快就想再來一次，他們也知道這間學校的老師還沒死光，不可能讓他們有漁翁得利的機會。」

「那到底是什麼？」妹妹問道。

「誰知道。」阿源道，「既然知道學校裡還有人死，我們回去的時候就要小心行事。」

「這些話誰都知道。」我道。

這樣討論著的我們，終於回到了學校。

03

「好吧，我們照老方法回去，不過要小心點。」阿源道，「雖然三樓仍然是中立地帶……不過這只是之前的狀況，我們不知道現在是不是還像以前一樣和平。」
我們從學校的側邊接近，像往常一樣一個個地鑽進了三樓。
「我以前進出學校的時候，都是從大門進出的。」黃俊傑笑道，「難怪我從來沒看你遲到過，亦穎常。」
「這是我妹妹發現的密道，與我無關。」我指了指妹妹，後者得意地笑了起來。
「奇怪？那些老師上哪去了？」作為第一個走進去的人，阿源在進入三樓走廊後就發現了異狀，「你們有看到其他的老師嗎？」
「如果你看不到，我們為什麼會看到？」我沒好氣地跟著走了進去，也查看著周圍，「……的確，我們出來時，明明有大批老師看守，如果不是會長的幫忙，我們也出不來。」
當我這樣說的時候，阿源突然撲到我的身上。
「小心！」阿源說著，同時示意其他人後退。
「喂！你知道無緣無故嚇人是很缺德的一種……行為嗎？」看到阿源身上的箭傷，我頓時閉上嘴。
有人，有人在這裡埋伏。
學校的走廊是呈「口」字形的，此刻我們正身處正方形的其中一邊，那些人則是待在另外一邊。
「至少有五個人，全都有遠程武器，可能是那些老師給的。」阿源說完，拔出了插在左手上的箭，痛苦地呻吟起來。

「這些人到底是從哪裡得到這麼多連弩？這樣的數目，除非用什麼奇異的方法複製，否則不可能做到人手一把。」黃俊傑皺眉道。

這個時候，我們全都躲在三樓走廊的牆壁下，以躲開那些人的箭矢。

「可惡，我們不是也有連弩嗎？還擊不就行了？」我看著阿源身上的傷，後悔與內疚感同時萌生，「不要讓他們以為我們手無寸鐵！再怎麼說，我們也走進兩個不同的異界，而且還活著走出來了！」

「那邊，有人來了！」謝梓靈指了指走廊的另一邊，有一群同等數目、拿著連弩的人從一旁出來，「……我們被包圍了。」謝梓靈倒吸了一口涼氣。

「喂！那邊的人，我們沒有敵意！」阿源按著箭傷，朝著那邊的人大叫道，「我們是中立派的！與任何勢力毫無瓜葛，所以，可不可以停戰？」

「和學生會有過任何聯繫的人，我們都要清掃乾淨。」我們聽到其中一人說，「如果你們想投降，昨天大家表明決意的時候，早就應該這樣做了。楊充倫也說過，如果有人在昨天之後才投降，就表示他只是在迫不得已的情況下做出決定，而不是真心想這樣做的。」

「楊充倫？不就是那個阻礙會長演說的人嗎？」我驚訝道，「到底發生了什麼事？」

「別怪我們沒提醒你，看在大家同學一場的份上，給你們三十秒的時間想遺言！」

另一邊的學生叫道，「三十秒過後，我們就要發起攻擊！」

「媽的……被將了一軍嗎？」阿源咬牙道，「學校在我們離開的時候，很可能已經發生巨大的變化……黃允行可能出事了。」

「不管黃允行那邊怎麼樣，我們每個人都要活下去！」我叫道，並取出手上的連弩，「我們幾經辛苦才調查到回去的方法，難道要讓一切付諸流水嗎？」

「我當然知道！」阿源怒道，「你沒看到現在的狀況嗎？兩邊都是他們的人！我們要怎麼樣逃出去！」

「還有二十秒！」那邊的人聽不到我們討論的聲音，只是繼續倒數著。

「這樣吧，我想到了一個辦法。」黃俊傑低頭想了想，然後說道，「我們分成兩組，其中一組先離開，引開那些人的火力朝一邊跑去，另一組就在前一組引開敵人注意之後，再往另一邊跑——如果大家還活著的話，就在圖書館會合吧。」

「這樣做豈不是拿前鋒隊伍當誘餌嗎？」妹妹著急道，「領頭的人會死掉的！」

「還有十秒！」

「死不了的！在這間混帳學校裡面，只要我們一日不受重傷，就絕對不會死！」阿源道，「沒時間了！我來當前鋒部隊吧，黃俊傑和謝梓靈跟我來，亦穎常你跟潘菁妍和亦穎晴她們，等我們衝出去之後數個幾秒再開始逃！」

「五、四、三！」

「好吧。」雖然對這個計畫仍然有疑慮，但我也沒有質疑的時間了，「你們一定要活下來啊。」

「你才是，保護好其他人吧。」阿源說完就站了起來，和其他兩人往另一邊跑！

04

「射擊！」那人說完，有十個拿著連弩的人同時朝阿源他們的方向射擊起來。

只見阿源拔出了手上的太刀，同時護住頭顱和心臟的位置，以及他身後的兩人，以走廊盡頭的樓梯為目標奔跑。

幸運的是，那些連弩都是粗製濫造，雖然不能全靠人的反應躲避，但擋下來還是做得到的，只是在這過程中，阿源的左右手幾乎都中了箭。

「去死吧！」黃俊傑舉起自己的連弩，朝著那些人射了一箭，其中一人的左手中箭，並因此後退了。

「可惡啊啊啊啊！」在這個時候，我拉著另外兩人，開始往外頭跑！「妳們走前面，我來擋住那些箭！」

「不——」妹妹正想說話，就被潘菁妍拉走了，越過我的時候，潘菁妍對我點點頭。

「對不起，又要讓妳們擔心了。」確認射往她們方向的箭矢全都被我擋住以後，我才開始跑起來——此時，我身上已經中了兩箭。

要形容中箭的痛楚，最類似的應該是打針時，針頭剛插進去的那種痛了。但現在插在我身上的針，不僅是由一名不合格的護士打的，連針的直徑也比針筒粗上好幾倍。

我提過學校走廊是類似「口」字形的結構，說直接一點就是正方形，所以我們想逃離走廊，除了得承受來自背後的射擊，還要面對前方五個人的阻擋。

「別想跑！」那五人之中的一人說完，所有人紛紛拔出刀斬向我們！

「啊啊啊啊啊！」在怒吼的同時，我也再次衝到潘菁妍和妹妹兩人前方，用長刀擋住了最前面兩人的攻擊——也就是說，後面三人的攻擊將緊接而來。

不過，原本在我後方的潘菁妍也趕到了，提起刀劈向其中一人——但這樣應該造成不了什麼威脅才對。

「你們看看我是誰？」潘菁妍裝出一副凶狠的模樣，望向那些人說道，「今天你們敢惹我，還真是膽大包天啊！」

「妳……就是那個慫恿別人自殺，還在學校斬殺老師的人！」認出潘菁妍的模樣後，其中一人吃驚地大叫，「妳竟然還活著！」

其他人仍然持續手上的動作，不過很明顯的，他們已經被眼前的情況影響了速度。

在擋住那些刀的同時，我用盡全身力氣，朝那些人一腳踢去！那一腳準確無誤地踢中了最前方的人的腹部，那個人往後倒去，因此稍微阻擋了後面三人的攻勢。

「快跑！」見有機可乘，我連忙帶著妹妹與潘菁妍逃竄而去，成功跑到了樓梯那邊。後面的人見到我們和他們拉開了一段距離，再次舉起連弩往我們的方向射擊。

在逃出他們的射擊範圍之前，我衝到妹妹身前又擋下了一枝箭矢，這回箭插中了我的右肩，還是一如以往的痛。

「算了，隨他們去吧。」正當我以為他們會繼續追上來的時候，我卻聽到了最下方那名、應該是那一小隊的隊長制止其他人的聲音，「上面就是那些傢伙的勢力範圍了，他們到那邊去也是自尋死路而已，我們還是追另一邊的那些人吧。」

那些傢伙？我想著那個人的話，和妹妹她們躲到了四樓。

「他說的那些傢伙，應該是指葉震霆他們。」潘菁妍想了想之後道，「真是的……我們忘記圖書館也在五樓，是葉震霆他們的勢力範圍啊，卻把會合地點設到那種地方去，現在該怎麼辦？」

「沒什麼該不該辦的，我們還是要過去。」我說完，帶頭朝五樓的方向走，放輕腳步地走著。「只要沒遇到見過我們的傢伙，要潛進圖書館應該不難。畢竟，我不認為那些人會把圖書館當成一個據點看待，那裡很可能已經荒廢了。」

「你的傷……」妹妹走到我身旁，邊查看我的傷勢，邊擔憂道。

「沒事，死不了就好。」我忍住那來自不同部位，卻都有著相同程度的痛苦，笑著摸了摸妹妹的頭，「我連手都斷過了，箭傷沒什麼大不了的。」

「你明明就很痛，別裝了。」怎知道，妹妹一眼就看穿了我的演技。

「對啦，我就是很痛，那又怎麼樣？我還活著，我們都還活著，那就行了。」我揮了揮手，在揮動的時候也伴隨著大量痛楚，「不過，妳說得對……真的很痛啊，我想找個地方把那些箭拔出來再說。」

「我們到達圖書館了。」潘菁妍說完，打開了圖書館的門，讓我們走進去，「裡頭好像沒有人，我們先進去再說吧。」

85

走進圖書館以後，我們發現這裡幾乎就是波叔先前帶我們進來過後的情況——由此可見，葉震霆那些人占據五樓之後，連進來搜索的意思也沒有。

「真是浪費啊，雖然圖書館的書都很老舊……但肯定有什麼能派上用場的知識。」

我嘆了口氣，「就這樣放著它不管，真是太浪費了。」

「再怎麼說，他們也只是群由不良學生所組成的組織而已。」潘菁妍笑了起來，「災難發生前，都沒有用功讀書過，更別說災難發生之後了。」

「你別說話了，先坐下來吧。」妹妹把我推到其中一張椅子前，「這個傷口真的很嚴重，得好好處理才行！」

「我自己來，我自己來！」看妹妹拉起衣袖，一副想把箭矢當成路邊的野花拔起來的樣子，我就嚇得失聲叫出來，「不需要妳幫忙！」

「潘菁妍，可以幫我一個忙嗎？」妹妹轉身望向潘菁妍，友善地說道，「幫我抓穩這個人，他這樣亂動我很難把箭拔出來。」

「明白！」潘菁妍做了個類似軍禮的動作，就上前把我按住了。

「喂，妳們不要這樣啊！我不知道該高興還是傷心才好！」我動彈不得地看著兩個女孩一左一右按住我，其中一個還想把我的衣服扯下來——因為箭矢連衣帶箭頭都插進身體了。「妳們不覺得現在這個情況很奇怪嗎？不管從哪方面看都非常奇怪啊！」

「閉嘴！」兩人同時對著我大叫，妹妹也在這時候拔出了第一枝箭矢。

我以為那是女高音才發得出來的聲音，但思考片刻後發現，這根本就是我的聲音。

＊　＊　＊

我無力地瑟縮在牆角，妹妹和潘菁妍則在一旁搜索著關於王亮端的資料。

雖然在圖書館會合是我們首要的任務，但我們已經先抵達了，所以妹妹提議要不要先去搜索關於王亮端這個人的身分，潘菁妍也同意了。於是，我們便開始搜索了——更正，是她們開始搜索。

「妳們這些人……會不會太粗暴了啊，身為一名女生？」我欲哭無淚地道。

「你現在這番話，才是真的從哪個方面看都非常奇怪。」潘菁妍走到書架前說道。

「圖書館管理員名單……會在哪裡呢？」妹妹搜索著圖書館的櫃台，並抬起頭問在書架上不知找什麼東西的潘菁妍，「妳覺得會在哪裡？」

「通常，這些東西不是都會貼在外頭，讓大家知道哪一天是由哪個學生值班嗎？」潘菁妍取出一本書看了看，又把它放回了書架上。

「可是，我們進來的時候，根本沒看到任何告示啊！」妹妹道，「也有可能是葉震霆那些人經過的時候把紙張撕掉了，但如果是這樣的話，情況就更糟了，線索到這裡就斷掉了。」

「那就往好的方面想吧，可能告示就在這裡。」潘菁妍又拿起了另一本書，但看了第一頁以後就搖搖頭，把它放回原位，「不過老實說，我很少來圖書館，所以不知道這裡的設置，要靠你了，亦穎常。」

「喂，圖書館的成員名單到底在哪裡？」妹妹走到我面前，用力踢了我一下，「潘菁妍就算了，你今年就要畢業了，為什麼對這裡的環境還是一點都不熟悉？」

「別說六年，就算讀了十二年，我也不可能知道每一件小物品的位置吧！」我委屈地道，「何況我也不常來圖書館啊，哪可能知道什麼東西放在哪裡？」

「既然這樣，就起來跟我一起找！」妹妹一口氣把我拉了起來，指著一大堆胡亂擺放的文件和紙張道，「你來找這邊的吧，我去另一邊找。」

「這堆紙……妳不如叫我到回收區去找吧，我覺得兩者的難度差不多。」我看著那堆有如小山般的文件，不禁嘆息，「妳還真會指使人做事啊，亦穎晴。」

「找到了。」妹妹從電腦桌上找到了成員名單，拿起來說道，「真幸運，竟然這麼快就找到了。」

「真幸運，我不用鑽進這堆紙裡面了。」看到妹妹拿著那張紙，我也跟著放下心。

「上面還有他們的相片，我們可以走捷徑了。」我走過去看，妹妹手上的紙畫著一張表，表上記錄著星期一到五輪班的學生名字，以及他們各自的照片。

「我來看看王亮端在哪裡吧——這個女生還挺可愛的。」我指著其中一名女生的臉。

妹妹迅速地用手肘頂了我一下，我隨即抱著肚子呻吟。

「女俠好身手。」潘菁妍叫好道。

「讓我看看……王亮端……在這裡！」妹妹用手劃過每一個人的名字，最後停在某個人上頭，那張臉無論怎麼看，都和王亮端一模一樣。

——我特地這樣強調，是因為寫在「王亮端」照片下的名字，並不是王亮端。

「喬逸昇……這個，才是他真正的名字。」

就連正在看書的潘菁妍，也在這個時候轉過頭來。

86

「……這怎麼可能。」我愕然道，為了避免自己眼花看錯，我從妹妹手上取過紙張，再一次看著上面的內容。

正如妹妹所說，王亮端的確不叫王亮端，他的真名是喬逸昇，中二乙班。

「為什麼……這樣做對他有什麼好處？」我不解地搖著頭，「就算告訴我們假名，對他來說也不會有任何好處啊。」

「可是……如果這張表寫的沒錯，那他的確叫做喬逸昇，而不是王亮端。」妹妹也不太願意接受這個事實，但她還是說了。「他可能真的騙了我們。」

「他騙我們根本沒有好處！」我有些著急，對妹妹辯解道。

「這個我也知道啊！」妹妹說道，然後別過頭去，「但……那是為什麼？」

我沉默了，無論他這樣做的原因是什麼，欺騙我們的這件事都是事實。

「打擾各位一下。」突然，遠處的潘菁妍對我們說，等我轉過頭望向潘菁妍的時候，手裡也接住了她拋過來的書籍，「看看這本書的人物介紹吧。」

我和妹妹低頭一看，這是一本叫《荒蕪》的書，從它的借閱記錄看來，應該是一本非常冷門、沒有人看的小說。

「題材是喪屍災難類……和我們現在找的書有什麼關係？」我問潘菁妍。

「我都說了，看看它的人物介紹吧。」潘菁妍道，「看了你就知道我想說什麼。」

我翻到這本書的人物介紹，在看見某個角色的名字時，頓時愣住了。

「王亮端，28歲，男，在一間老人院工作，帶領老人院的倖存者逃出，卻意外走散，認識易涯等人，『順便』加入了小隊。擁有恐怖的思維能力，恐怖到連自己也不敢相信。」

「王，亮，端。」我一字一頓地讀著那三個字。

「和他的假名一模一樣。」潘菁妍笑了起來，「如果真像你說的，他沒有這樣做的原因……我們可以猜測：說不定，他真的沒有意思要說謊。」

「我不太明白。」我反覆看著那本書上的名字。

「也許，有一個人也、失、憶、了——除了大家對九點之前的事一無所知的集體失憶外，他的記憶出現了更多混亂。」潘菁妍說到失憶的時候，用了「也」這個字，我知道這是在說我和她。「失憶以後，誤把以前讀過的書裡的某些名字當成了自己的記憶，就以那個身分繼續生活下去。」

我和妹妹看著那一頁，繼續沉默著。

「雖然這個猜測是挺牽強的……不過這是我能想到，王亮端——不，喬逸昇他這樣做的唯一理由了。」潘菁妍道，「但如果事實就是這樣，那我們就可以知道，進去那個樹洞需要的一些特點了。」

「忘記了某些重要的事？」妹妹問道。

「不可能。」我搖頭。

「咦，為什麼？」妹妹愣了愣，望向我。

「呃，就是不可能吧……」我總不能跟她說，因為我也忘了某些事情但進不去，潘菁妍也忘了某些事情卻能進去的這件事吧。

「詳細的事還是等阿源他們回來再討論吧，我們已經走得太遠了。」潘菁妍做了些伸展運動，找張椅子坐了下來，「不然，待會兒我們也不知道該由哪裡說起才好了。把這本書和那張成員名單也收起來吧。」

「嗯，剛才為了捉住某個瘋子的手，浪費了我不少力氣。」妹妹點點頭，也坐了下來。

周遭再次恢復靜寂。

「唉……」為了解悶，我打開那本小說，試著讀裡面的內容。「這故事的角色也太多了吧，作者到底在想什麼？」

才看了幾十頁，就有無數的新角色出現，我想可能是因為作者覺得這樣做很酷吧，為了搞清楚現在說話的人到底是誰，我把書翻回了人物介紹的那一頁，看看那個名字代表的是什麼人。

但當我發現人物介紹原來有第二頁，並翻到第二頁查看那些人名時，我又愣住了。

我拉了拉妹妹的手，要她過來看看。

「怎麼了？你想要我過來看就直接說，不要這樣做——」妹妹看見我指著的那個名字時，也愣住了。

潘菁妍見狀，也跟著湊過來看，並讀出了上面的文字。

「仇柏希，32歲，男，在他失去了唯一可依靠的工作後，就加入小隊展開逃亡之旅，為人踏實穩重，是隊伍的精神支柱之一……」

07

「難道說……就連仇柏希也，不，他應該不叫仇柏希了……」我有些迷糊，「他們都剛好看過這部小說嗎？」

「原本只是想找關於王亮端的事情而已，怎知道連仇柏希的事情也找出來了……」潘菁妍摸摸頭，「我們真的走得太遠了。」

「那就是說，仇柏希他也能穿進樹洞了？」妹妹道，「如果是這樣，只要我們捉住他的話……」

「別傻了，那瘋子可能連子彈都躲得過，我們要怎麼捉住他？」我苦笑道，「到現在還沒有被他殺死，已經是萬幸了。」

「不過說起來，總覺得仇柏希好像從來沒殺過我們任何一個人……雖然黃俊傑說，他是裝死才躲過的，但你覺得，身為一個能與四、五個人正面交戰的怪物，戰鬥經驗如此豐富的仇柏希，真的沒察覺到自己並未殺死黃俊傑嗎？」潘菁妍道。

「仇柏希這個人……明明有很多機會置我們於死地的，他卻從來沒有這樣做，那時候還邀請我們加入他的隊伍……」妹妹邊思考邊說道，「他真正的目的，到底是……」

「即便如此，也不能把他當成好人看待。」我冷冷道，「既然他知道所有的真相，為什麼不告訴其他人？為什麼要看著學生互相殺戮什麼也不做？

「他先把學生整合起來，又在學生發生騷動的關鍵時刻離開，讓他們陷入混亂。或許他不是直接的殺人兇手，但肯定是間接的。」我道說。「你們記得他在後山說過的話嗎？他自己也親口承認了，『人數減少，資源分配比較輕鬆』。」

潘菁妍和妹妹都沉默了。

「……我不知道。」潘菁妍搖搖頭。「我真的不知道，我們需要更多的線索。」

「對，我們還是等他們回來再說吧。」我把那本小說收進懷裡，「現在我們有更需要搞清楚的事情：例如楊充倫到底是怎麼控制學生會來攻擊我們的？」

「不是楊充倫控制學生會，是學生會倒台了。」潘菁妍道，「你沒有聽到那些人說什麼嗎？和學生會有過任何聯繫的人，都要清掃乾淨……如果我沒猜錯，學生會可能已經發生了分裂。」

這個時候，門突然打開了，我們這才想起，我們根本沒有做任何保護自己的措施。

「是阿源嗎？」我對著外頭問道。沒想到，進來的卻是另一群人。

「是我。」那名巨漢隻身走了進來，看著我們每一個人。

「很久不見了，亦穎常。」

「葉震霆。」在看到那個人的瞬間，我說出了他的名字。

「沒想到你竟然出現在我的勢力範圍，還真是……我該說什麼才好呢？無法無天？」

葉震霆這次沒帶任何武器，但我相信他的拳頭已經準備好了，「上次見到你的時候，也是在禮堂中心出現，怎麼，當我們的人是空氣嗎？」

「不是空氣……但我們真的有必要到這裡來找東西。」我苦笑道，「不然我道歉？我們等所有人都在這裡會合之後就會離開了。」

「道歉個頭！」葉震霆憤怒了，上前一手就把放在門口的椅子扔向我們，「你們全部死光，對我來說就是最好的道歉！」

「小心！」我說用左手擋住葉震霆扔來的椅子，將它扔回葉震霆的臉上。

葉震霆伸出右手，輕鬆地擋下來了椅子，放回原來的位置。

「哼……沒用武器嗎，看來你也不是一個只靠小手段取勝的傢伙啊。」葉震霆笑道。

「我從初中開始就一直被霸凌。」我道，「直到中二，我覺得不能再這樣下去了，於是每次當那些人試著用什麼手段對付我的時候，我都會和他們打起來——雖然起初我都只能被圍毆，但我漸漸知道怎麼在一對多的情況下降低傷害。」

妹妹怔了怔，看著我發愣——我從來沒有跟她說過我在學校的事。

「後來，我更學會了如何反擊。」我道，「由至少傷害一個人、到與其中一個人同樣變成重傷，到最後……把每個攻擊我的人一一打退，到中三期間，我一直在做這些事。」

88

我打量著自己和葉震霆之間的位置，果然每次進出新的異界，都會使自己的視力增強——此刻霧氣已經薄弱得和消失了沒什麼分別，這也是我能及時接住葉震霆扔來的椅子，還將它扔回葉震霆身上的原因。

然而，葉震霆卻能在視力和我們最初看到白霧時一樣差的狀態下，淡然地抓住椅子並放回原位，由此可知他的強悍。

「哈，也是靠經驗鍛鍊出來的嗎？」葉震霆道，「從這點看來，我們沒什麼兩樣啊。」

「雖然到最後，我確定沒有人敢再欺負我了，但我也因此失去了所有朋友。」我道，「練成這個身手的代價可是非常慘痛的。」

「本來我想直接把你們全部殺死的，但我還沒試過徒手打死人。」葉震霆道，「聽到你的故事，我反而產生一點興趣了。我再問一次，你們到這裡來的目的到底是什麼？」

「主要是為了會合，因為我們在三樓遭到了伏擊。」我直接回答，「我們剛從外頭搜索完回到學校，發現學生會似乎被什麼勢力取代了，你知道些什麼嗎？」

「我知道些什麼？哈，所有人都知道發生了什麼事！」葉震霆以一副看到傻子的表情對我們說道，「不過算了，你都說是因為到外頭去才不知道這件事，我就告訴你吧。」

「請說。」我點頭致意。

「簡單地說，就是那個叫楊充倫的傢伙，在昨天發表了一場演說，說黃允行帶人來攻擊我們是自尋死路，白白犧牲人，哈，那傢伙說的話到目前為止還挺有道理的。」葉震霆道。「不過他接下來說的事還真是不知天高地厚啊！竟然說只要由他領導學生會，就會改變局勢，讓所有學生統一起來——說得好像只有學生會這股勢力一樣。」

「看來大家都忘記了你的存在啊。」我聽到這裡，不禁譏諷道。

「更要命的是，那些人竟然都接受楊充倫的做法，以他為首，真的令整個學生會開始內亂。」葉震霆說，「我們沒有阻止這件事情發生，就這樣看著學生會由保持秩序演變成今天的狀況。」

「那原本是中立區的三樓，也是因為他們進駐才消失的？」我問道。

「沒錯，為了取得更多資源，楊充倫把三樓也占據了……以資源來說，我們現在是幾股勢力中最弱的一個。」葉震霆坦白道。

「好了，你的事我知道了，這裡的事你們也知道了，我們之間的停戰狀態結束。」葉震霆道，「怎麼樣?來打一場吧——就像在禮堂那次一樣。」

「你的勢力正受到楊充倫威脅，為什麼還有閒情逸致在這個地方和我單打獨鬥？」我沒好氣地道，「回到你的總部，好好帶著你的同伴取得勝利吧。」

「我的確需要做這件事情，但我也可以在做這件事之前打敗你！」葉震霆舉起拳頭朝我衝過來，「禮堂的仇，就在這裡報吧！」

「老大，外頭出事了！」

怎知道，外面的聲音使得葉震霆停止往前衝，並放下拳頭。

「怎麼了？」受到打擾的他不耐煩地轉身問那位急忙打開門的學生。

「大事不妙……那些人來了，在四樓那邊叫囂。」那名學生戰戰兢兢道，「他們這次還帶了不少連弩……看來比起學生會，他們和那些老師的關係更加密切啊！」

那學生看到我們的時候也愣了愣，不過發現葉震霆沒有說什麼，也選擇無視我們。

「怕什麼？既然他們敢來，我們打回去就是了！」葉震霆瞪了我一眼，「你最好在這裡等我回來，上次的帳我還沒算呢。」

說完，葉震霆就跟著那名學生離開了。

「一路順風。」我對著葉震霆揮手道。

等葉震霆走了以後，我才對妹妹和潘菁妍說道，「鬼才會留在這裡等你回來……我們快跑吧。」

「這才是我認識的亦穎常。」潘菁妍笑了起來，「但阿源他們不知道我們離開了，該怎麼辦？」

「呃，這也是個問題……」我抱著頭道，「那該怎麼辦呢？」

「我們的目的不就是為了躲避葉震霆嗎？那我們躲在窗戶邊不就行了？如果看到阿源他們，就走出去，如果看到的是葉震霆，就躲起來。」妹妹指著圖書館的一個角落，「這樣就行了吧？」

「這主意不錯，那就這麼辦吧。」潘菁妍和我都點點頭，同意妹妹的提議。

「不過……你從來沒有告訴我你在學校的事啊。」即使沒看著妹妹，我也能感受到她寒冷的視線，「有事情為什麼不跟我說？」

「哪有哥哥找妹妹訴苦的？更何況，這已經是很久以前的事了。」對此我只能苦笑，「總之，我們先躲起來，等阿源他們過來會合吧。」

89

大約過了十分鐘，我們聽見外頭傳來腳步聲。

「是誰？」由於我最靠近窗邊，妹妹和潘菁妍把打開窗戶的這個重任交給了我。

我望向窗外，由於視力在離開後山之後再次強化了，這次即使他們在很遠的地方，我也能大概認出他們的樣子。

「是阿源。」我說道。遠處的阿源、黃俊傑和謝梓靈都朝著這裡走來，「他們來了。」

「那快點開門吧，他們可能受了重傷。」妹妹連忙道。

「我想沒有……阿源身上連箭傷都沒有，我想他應該在什麼地方處理過傷口了。這還真是個方便的世界，只要不死，就可以自行恢復，不需要治療，真好啊。」

「可是在現實世界，我們根本不用不斷面對受傷的問題，但這裡要。」妹妹道，「你還是快點開門吧。」

於是，我就在阿源他們接近圖書館時，打開了門，阿源三人見到圖書館的門自動打開都愣了愣，但是當我伸出頭揮手叫他們進來的時候，他們很快就會意，並走了進來。

「亦穎常，下次可不可以不要用這樣的方式迎接我們？」黃俊傑道，「還好我們在這個地方已經被嚇到麻木了，不然我們很可能就不敢進來了。」

「你有這麼膽小嗎？」我道，「如果是平常的你，應該會興高采烈地拿筆記本衝到裡頭，記下圖書館所有的異象才對。」

「最好是這樣。」黃俊傑白了我一眼。

「你們沒有人受傷吧？雖然你們看起來沒什麼事。」阿源問道，「我們真倒楣，那些人竟然全都追在我們後面，五樓的路又被葉震霆的人看守著，我們只能先逃到二樓，再用另外一條樓梯偷偷上來。」

「你們在二樓有沒有看到學生會的狀況？」聽到他們曾經去過二樓，我連忙問道。

「已經沒有學生會了，那個地方變成了楊充倫那些人的總部。你要稱呼他們是新學生會也可以。」阿源說，「我們沒看到黃允行，大概死了？」

「死了嗎……」我低下頭，他終究也是我以前的好友，如果他就這麼死了……我莫名地感到擔憂。

「我想他應該不至於就這樣死了，那傢伙城府這麼深，肯定有備案。」阿源安慰我，「我們還是先顧好自己再說吧。你們到這裡這麼久，應該不會一樣東西也沒有找吧？」

「嘿嘿，當然有。」妹妹得意地挺起胸膛，「我們找到的東西可多了。」
「是什麼？」謝梓靈問道。
「我們先進來再說吧。亦穎常，你在門口把風，如果有人來就提醒我們，讓我們早做準備。」潘菁妍說完，再次把我推到門口。
「喂！」我對職責的分配表示不滿，不過大家完全沒有異議，我也只能嘆息，孤獨地坐在門口看著外面的景色。
於是，潘菁妍拿出了圖書館名單和那本小說，將它們拿給每一個人看，開始敘述我們在圖書館找到的線索。
「這就是我們找到的資訊。我覺得已經夠多了。」潘菁妍道。
「的確很多。」謝梓靈、阿源和黃俊傑三人都以不同的語氣，說出同一句話來。
「王亮端果然在欺騙我們。」阿源道，「那傢伙向來是隊伍中話最少的人，看來他一直在盤算著什麼啊。」
「我說，王亮端真的沒有欺騙我們的理由——」
「你給我好好看著門口就好。」
我的話被潘菁妍打斷以後，我只能無趣地看守門口。
「是是，妳說了算。」我以隨便的語氣回應，繼續盯著外頭的景色。
「沒想到，你們連仇柏希的事也找到了，他竟然和王亮端一樣，用同一本書裡的角色名字。」阿源道，「這樣一來，想要把線索連接下去，就只有這件事了。」

「你的意思是……捉住仇柏希，迫他說出真相？」潘菁妍問道。「但這樣做的可能性太低了，亦穎晴之前也提過這個辦法，但是——我們真的能打贏那個人嗎？」

「如果在我們都使用近戰武器的情況下，可能打不贏。」阿源拿出了連弩，「但我們現在可是有這個東西啊——上次只是因為身處的環境太惡劣，我們才發揮不了它的優勢，只要我們事前計畫一下……」

「沒錯，以前打不贏他，是因為我們永遠處於被動，在毫無準備的情況下受到他的奇襲。」黃俊傑也跟著點點頭，「除了家政教室那次，因為我們沒有正常的武器才打不贏他，他總是選擇完美的時間點來展開戰鬥……或許，他沒有我們想像中那麼強。」

96

「對啊，我就不信在一對六、還有遠程武器的情況下，他還能和我們打成平手！」妹妹道，「如果我有連弩的話，我也能戰鬥的！」

「我想……應該可以做到，只要事先好好計畫。」謝梓靈點頭，「除非他有超能力，不然的話我們是能成功的。」

「哼，我上次也射中他一次了，有什麼困難？」黃俊傑笑道，「再來一千次也行！」

「真是一群樂觀的傢伙啊。」潘菁妍嘆了一口氣，「那你們想怎麼辦？我們該上哪去找他？」

「有一個地方，他一定會在，就算我們到的時候他不在那裡，等我們走進去以後，他也會趕過來的。」阿源狡黠地笑了笑，「大家記不記得，他說過我們知道得太多了，所以要我們選擇加入他，或是被他殺掉？」

「如果我們去到那些霧分成三份以後，飄向的最後一個地方——也就是學校高樓層的某個位置，他知道以後一定會趕過來的。」

「到達目的地後，事先設下陷阱，吸引目標接近將其捕獲的作戰嗎……」潘菁妍道。

「時機也差不多了，如果上到七樓，我們還可以去做下面兩件事。」我終於忍不住加入討論，「第一件事，就是找到那些曾經到外界去的人，第二件事，就是去驗證一下學校的八樓，到底是否存在。」

「你不說，我差點忘記那件事了。」阿源笑了起來，「我們確實有非常多前往那裡的理由啊。」

「外界的事情我知道，但學校的八樓是什麼？」如果這是漫畫，我想黃俊傑的雙眼現在應該冒出了星星，「到底是什麼？到底是什麼？」

「你不用把話重覆說兩遍，我也知道你想問什麼。」我嘆息道，「待會兒找段空閒的時間，我再慢慢跟你說清楚吧。」

「加上捉住仇柏希，我們就可以在那裡確認到三件事了。」阿源道，「這真是我們旅程有史以來最充實的一次。」

「當然了，這很可能是最後一個地方啊。」我道。

「不要用『最後』來形容，說得我們好像會在那裡死掉一樣。」妹妹道。

「那我們現在就出發吧，不用管什麼楊充倫或是葉震霆，直接朝著那裡出發吧。」阿源道。

在確認目的地之後，每個人都開始變得充滿幹勁。

但，當我們打算走出去的時候，卻發現到外頭傳來一股非常怪異的感覺，那是宛如身在火爐中、會讓全身感到痛楚的熱力。

「這是……怎麼回事？」

我伸手摸向門把，卻痛得縮起手。

「該死！這門把可以煮熟雞蛋了！」我咬牙道，拿了一本書當阻隔，終於打開了門。

其他人和我一起走出外頭以後，我們終於看到周圍突然變得炎熱的原因。

整個五樓，都在起火燃燒。

「哈哈哈哈哈哈！都去死吧！都去死吧！」我看到某個人正在不斷地潑著油，灑在自己的身上與地面上，在油濺滿每個地方後，毫不在意自己的狀況，就往地面點起火。

「哇啊啊啊啊啊啊啊哈哈哈哈哈！就是這種感覺！只要沒有受到致命傷，只要沒有致命傷的話！」火接觸地面之後，包括他在內，所有東西都跟著燃燒了起來，但他仍然瘋狂地笑著。

那個正在燃燒的人，視線與我們接觸。

「你們也加入吧，讓這裡燒成一片灰燼！」他看著我們，如同野獸般大笑，「全身燃燒的感覺比你想像中的還舒服，更令人興奮的是，你永遠也不會死！來，我借你們一點火吧！」

那人說完，就朝我們的方向衝來。

「媽的，小心這瘋子！」我和所有握著連弩的人朝著那人射擊，但在承受全身燃燒這樣巨大的痛楚後，單純被箭射中的痛已經無法阻止他前進了。

幸好，當那人離我們只有十多步時，一大塊瓦礫因為燃燒掉落，剛好打中了他。

「……這到底是什麼回事？」我問道。

「不要管，快跑！」阿源到後方查看之後，衝上來指示大家快點跑到六樓，到那些老師的樓層去，「這些都是楊充倫的人……他們做了我們上次沒做到的事情了。」

我和潘菁妍、謝梓靈都睜大了眼睛。

「四、五樓都在燃燒著……一大批楊充倫的人在葉震霆的教室內放火。」阿源道，

「他們都成功了。」

91

一開始，我們還是抱著平常的心態，應該說和進入大坑、後山兩個地區時一樣，是帶著有點興奮的心情進去的，但現在，我們更像是逃竄的形式往六樓前進。

「葉震霆他……到底會怎麼樣呢？」我邊走邊說，「以他這樣的人，看到自己的地方被燒燬，應該會憤怒到想徒手將那些燃燒中的人都打一頓吧。」

「不過，那些人到底是怎麼想的……他們是想把這白霧裡唯一的庇護所毀滅嗎？」黃俊傑咬牙切齒道，「如果連這裡也消失了，我們該到哪去？」

「或許他們從來就沒有想正常地活著。」謝梓靈低頭想了一會兒後道，「你們剛剛看到他們的雙眼了嗎？裡頭流露出的眼神，與其說是瘋狂，倒不如說是，報復的憤怒？」

「我認得那個人。」阿源道，「他曾經來找我訴苦，他說自己每天都被人……霸凌，我們學校霸凌的情況真的非常嚴重啊。」

「啊？可是我很少看見我們學校有人被欺負啊。」謝梓靈有點驚訝，「你確定？」

「這也可能也只是我的錯覺。但是，身處水面上的人，是很難看見水面下的事物的。」阿源看著謝梓靈道。「我在電腦室這幾年，已經看到不只十個人，每天午休時間都跑來電腦室上網，他們的眼神都是同一個模樣——妳明白我的意思嗎？」

「楊充倫也是被霸凌得非常嚴重的人。」我道。那些不是讀我們學校的人，或是已經畢業的人，聽了無不愣了愣，只能望著我。

此時，我們已經抵達了六樓，發現到處都是來回走動的老師。幸好我們的視力都在後山得到了強化，於是利用這個優勢，在人群之間來回穿越著。

「好，我們已經到了。」阿源道，「這些老師……比我想像中還要反常啊，怎麼一個個看起來都像在夢遊的樣子？」

「你在說什麼啊，從白霧出現的時候開始，他們不就已經是這樣了嗎？」妹妹模仿著那些老師的舉動，「腦袋空空，手腳微微搖晃，眼神左右遊移，就像喝醉了一樣。」

「妳這樣說，我也想起來了——之前看到的只是十名以內的老師，現在一次看到這麼多老師，才感受到那種壓迫感。」阿源道，「他們……好像失去了自我意志啊。」

我渾身一顫，想起了仇柏希在後山跟我們說的話。

「謝謝你們為我除掉了那些不服從我的人，當初我把那些人集中起來、調到後山去的時候，他們也有不少意見啊——都是一群煩人的傢伙。」

「那個仇柏希……可能有什麼能操控人心的手段？」我道，「也許是口頭的洗腦，或是……催眠之類的東西？」

「可能是，但這跟我們現在的目的無關。」阿源道，「我們要做的事情有三件……還記得嗎？只是，我們人太多了，即使擁有比較好的視力，也不可能完全避開那些人的視線，在這層樓走動，更不用說找到那些被捉住、到過外界的人了。」

「所以，我建議像上次一樣，把人分成兩隊。」阿源道，「只要確認他們的位置就行了……我們的目的是先在這一層，或是上一層摸清這個地方的局勢，等全部弄清楚之後，再回到這個地方，看看我們能做什麼。」

＊＊＊

我和謝梓靈、黃俊傑被分到一組，依照指示到學校的七樓去搜索。

「好，先從這裡開始，逐一確認七樓的事物。」我道，「以正常的學校環境來說，這裡應該只有一間雜物房而已——剛剛在路上，我跟你們說過關於八樓的事情了吧？」

「對，不過你還是說得太簡略了，有很多想知道的資訊還是弄不清楚啊。」黃俊傑抓抓頭。

「沒想到都已經畢業了，對學校的認識還是這麼少啊……」謝梓靈有點不好意思，「我應該比你們知道更多的事情才對。」

「沒什麼，如果我們沒遇到這件事，或許永遠也不會知道這些事情。」我道，「這也只是巧合而已——雖然我寧可永遠都不知道這些事，就這樣平平安安畢業。」

92

「已經不可能了。」黃俊傑笑了起來。

七樓的老師比其他地方少得多，因此我們順利溜到了雜物房的位置，更幸運的是，雜物房的門竟然被打開了。

「這也太順利了吧。」我道，「比進入後山的時候順利多了。」

我正想走進去看，卻被身旁的黃俊傑制止了。

「先等等。」

黃俊傑取出一些不知名的工具，在雜物房門前來回擺弄著。

「……好了，這個鎖應該已經無法使用了。」大約三十秒後，黃俊傑回到我們身旁，「沒想到雜物房的鎖竟然比我想像中還脆弱，比其他鎖還容易破壞啊。」

「怪不得我讀中六的時候，聽過學校很多門鎖被無故破壞的傳言！」謝梓靈驚道，

「原來都是你一個人搞的！」

「呃，身為一名情報收集員，應該能隨意進出某些特別地點的。」黃俊傑抹了把汗。

「你們看，我現在不是幫了很大的忙嗎？即使仇柏希回來鎖上門，他也只會『以為』自己鎖門了而已。事實上，其他人只需要輕輕推開這扇門，還是可以進入。」

「你這個人啊——唉，算了。」我決定不去深究黃俊傑的興趣，「那麼，我們要進去看看嗎？」

「我怕會像在後山的時候，跟王亮端一樣走進去就出不來了。」謝梓靈道，「既然黃俊傑已經破壞了鎖，我們還是先回去跟大家會合，再看看該怎麼做吧。」

＊＊＊

「我們從七樓看到的東西，大概就是這些了。」我對阿源他們說著我們在七樓的經歷，「那你們呢，你們看到了什麼？」

「我們找到了仇柏希。」阿源一開口就拋出一個大炸彈，「他獨自坐在化學教室裡沉思著。我們對他造成的傷害已經消失了，不過他似乎在休息，看起來很疲憊的樣子。」

「一下子就找到最終魔王的巢穴嗎……」黃俊傑道。

「還有一件特別的事：我們發現仇柏希周圍都是食物和連弩，成堆成堆放在化學教室的每張桌子上。」妹妹道，「從那些東西的數目看來，讓六樓的老師每人配一把連弩、東西吃上一整個月也不成問題。」

「他到底是從哪裡找來這麼多食物啊……」我喃喃道。

「不論如何，只要我們捉他來拷問，一切謎團都可以弄清楚了。」阿源道，「對了，你們說雜物房的門已經打開了，那你們有進去看過嗎？」

「沒有……我們怕進去以後就出不來，所以就先回來這裡了。」我邊說邊回想在那邊看到的東西，「對了！」我突然想起非常關鍵的一點，拍著腿大叫。

「別這麼大聲，我們還在那些老師的巡邏路線上！」妹妹瞪了我一眼，我連忙尷尬地笑著。

「我想起來了，在靠近那個地方時，我看到裡頭有非常濃密的煙霧。」我道，「形容起來……不，就是那些灰霧！我們找對地方了！最後的地點就是在雜物房裡！」

大家聽了不禁高興起來。

「我們出發吧，就往那個地方前進。」阿源道，「很快就可以知道，那裡頭到底有什麼東西了。」

我們一行六人，躲過那些行屍走肉般的老師的巡邏，來到了雜物房前。

「好吧，我們誰先進去——」我話才說到一半，黃俊傑就一馬當先地跑了進去。

「你這個問題是多餘的。」阿源笑了笑，也走了進去，接著是其他的人。

我嘆了口氣，也跟著走進了雜物房，並在進去後把門關上，以確保不會有人起疑。

就像字面上的意思，雜物房的確是一間雜物房，大小和校工宿舍的機房差不多，不過這裡擺放了更多無用的東西，所以身在這裡的感覺比機房還要狹窄得多。

又是狹窄！怎麼在每個異界，都非得用上這個詞？

「好吧，至少能找到我們想要的東西。」阿源指著雜物房一角，有條通往不知名地方的小樓梯，「這就是平面圖上指的，那條通往八樓的樓梯了。」

這次我們連想也沒想，就一個接一個地走上那條樓梯。

93

上到八樓後，眼前看到的是一大塊尚未建造完成的空地，以及不同於以往的白霧，應該是到過三個異界中，最為阻礙視線的大片灰霧。

八樓的整體構造和六樓以下的樓層沒有太大分別，唯一不同的是，這個地方連一間教室也沒有，也沒有任何牆壁分隔每個地方。就連腳下的地面，都還沒鋪好地板，彷彿處於施工中的狀態。

「這地方……真有趣。」我想了很久，才從口中吐出我認為最適合形容它的詞。
「一點也不有趣。」沒想到，其他人很快地否決了我的話。
「這就是八樓了嗎？這就是我們一直想來的地方嗎？」阿源道，「如果真是這樣，這個地方有點讓我失望了。」
「我想，應該還有些什麼……」謝梓靈說完，指向了學校平常設有側面樓梯的位置，「如果我們到那邊去……」
我們聽了，紛紛靠近那個方向。
「真的……還有樓梯。」我們呆呆看著那一條通往不知名方向的樓梯。
「這……不可能。」我搖頭，「從外面看這間學校，的確有存在著八樓的可能性，因為七樓看起來比其他的樓層高一點……但是，最多也只能多隱藏一層而已。」
「你要知道，我們現在身處的地方完全無法用常理來解釋。」妹妹道。
「上去看看吧，反正這裡也沒什麼特別的東西。」阿源道。
我回頭看看我們身處的樓層，的確，整個空間除了一個數目字「8」代表我們正在八樓之外，根本沒有其他東西存在。
於是，我們聽從阿源的提議，沿著那條樓梯走到上面。
「好吧，九樓，我們來了。」在上樓梯的過程中，我說道。
「不是九樓。」第一個走到上面一層的阿源道，「是R樓，歡迎來到R樓。」

「什麼？」一時之間，我還不太明白阿源到底想說什麼。和下面的八樓一樣，九樓也是空無一物的地方，唯一的分別，就是那個刻在牆上的英文字。

「R」。

「這個字……讓我有種很不祥的感覺。」潘菁妍道，「這邊還有樓梯……我們還要上去嗎？」

「上去！當然要上去！」黃俊傑興奮道，「這是揭發我們學校最高機密的時刻！表面上看起來只有七層樓的學校，竟然有這麼多尚未建設的樓層！到底學校有著什麼樣的陰謀呢？」

「2R」。

這是我們沿著R樓上去時看到的景象。

「好吧，我想我知道我們學校的機密了。」我看了看上面的文字，「學校的機密，就是這裡有很多地方還沒建設好，事實上只是一個半完成品。」

「那還真是驚天動地的機密啊。」身後的妹妹以平板無起伏的聲音說。

「喂，不是吧，還有？」阿源望向空間盡頭，一模一樣的樓梯，設置在一模一樣的位置上。

「3R」。

這是我們上去以後，到達樓層的標示。

「老實說，為什麼不用九樓、十樓、十一樓這種方便易記的樓層呢？」我自顧自地抱怨起來，「弄得好像那些想考驗我們理解能力的商場，什麼ＵＬ、ＢＬ、ＧＧ……」

「Ｒ的意思……難道是指——」妹妹頓了頓，才把話說下去，「Repeat 嗎？」

「如果是這樣，那還真是簡單易懂啊。」我道。

「繼續向上爬吧，我就不相信這鬼東西沒有盡頭！」黃俊傑賭氣般大叫，第一個跑上了樓梯，我們嘆了一口氣，也跟著繼續往上走。

「３Ｒ^2」。

「我們終於取得了突破性的進展！」我握拳大叫，「我們成功地讓數字增加了一個次方！」

「哈，突然很有學校的感覺了。」阿源冷笑道，「哪時把一元二次方程式也列出來？」

「往上走，數字就會增加……就是這個異界的特性嗎？」謝梓靈分析著，「但還沒有找到它的規律……我們繼續向上走，如何？」

「走吧。」黃俊傑仍然是帶頭的人，不過看他的表情，那種一鼓作氣衝到底的氣勢已經不復存在了。

這次，當我們抵達下一個樓層時，原本寫著樓層數字的地方，卻被一堆紅色顏料弄得無法辨認。

「當我們說要找規律的時候，卻什麼也沒有了。」我道，「難道這個地方聽得懂我們的對話嗎？」

94

「這樣也好，我可以跟它說說話。」黃俊傑說完，走到通往上層的樓梯大叫，「請製造一條能讓我們回到現實世界的樓梯，拜託！」

「如果這樣就能夠回去的話，一定很有戲劇性。」我做出評價，「『於是，亦穎常一行人打開了回到現實世界的通道，過著幸福愉快的生活。』像這樣。」

「別跟著黃俊傑瘋，我們快點繼續搜索吧。」妹妹拉了拉我的衣袖，一行人再次往上層移動。

「∞」。

「無限……這就是你給我們的答案了嗎？」黃俊傑無力地坐在地上。「怎麼辦？根本就不會有盡頭，不如我們回去吧？」

「最有幹勁的人，這種時候竟然說出這種打擊全隊士氣的話！」我道。

「哼，我也不是什麼情報都能蒐集，像這種根本沒有盡頭的地方，只會減少我在別處搜索的時間而已。」黃俊傑道，「有時候，也需要學著放棄啊。」

「我覺得你今天就這句話最中聽。」阿源點點頭，「簡單地說，這個異界的特性就是一個無限迴圈的空間而已，我們還是回到雜物房，想想該怎麼捉住仇柏希比較好。」

「那我們回去吧。」取得大多數人的同意後，我們便轉頭朝原本的出發點往下走。

怎知道，事情卻朝我們完全意想不到的情況發展。

「∞^{-1}」。

「無限減一……那還是不是無限呢？」我思考著，「這真是個值得深思的問題啊。」

「深思你個頭！」妹妹罵道，「我們被困住了！」

「和我們上次在大坑的狀況差不多……」阿源道，「當我們想回去的時候，卻變成了這樣……彷彿它們都有靈性一樣。」

「不要再走了，先坐下來吧，我走得很累……」妹妹喘著氣，坐在已經坐下來的謝梓靈的大腿上。

我們圍成一個圈，一起在這層有著「∞^{-1}」這種莫名其妙標示的空間展開了討論。

「好吧，先把我們知道的事情再重複一遍，這樣大家對如何離開這個地方，可能會有什麼突發奇想的辦法。」阿源道，「首先，從那些老師的數目看來，這裡應該是三個地方之中最重要的。」

「的確，如果他們不重視這個地方，也不會把大部分的老師調來看守這裡……」我道，「那些老師放棄了五樓的教師休息室離開，將它讓給葉震霆那些人，很可能也是因為這個緣故。」

「難道後山那邊就不重要嗎？」謝梓靈一邊說，一邊摸著妹妹的頭髮，「如果我們的推論沒錯，後山應該是最重要的地方才對……畢竟那裡有可以逃出去的唯一辦法啊。」

當妹妹發現自己正被當成小孩看待的時候，不滿地撇了撇嘴，開始試著從謝梓靈的懷裡逃出來，卻發現自己已經被固定在原位不能動了。

我感受到來自妹妹強烈的求救眼神。

「也就是說，這裡有著比離開這個世界還要重要的功能……」我無視妹妹的呼救繼續說道，「但我真的想不到有什麼事比離開更重要的了。」

「你難道忘記我們都進不了樹洞嗎？也不清楚到底會通往哪裡，不要說得好像一切都很確定的樣子。」阿源道。「而且，如果那個地方真的這麼厲害，我們一走進去就能回到現實世界，那仇柏希才不會要我們到那裡去。」

妹妹鼓起臉頰，以沉默攻勢對抗謝梓靈的進攻，但好像沒有效果。

「也就是說，這裡真的藏著什麼神奇的東西了。」潘菁妍說，「那我們要找到的，或許只是離開這裡的方法而已。跟你們說在坑道裡的時候一樣，找到一個突破幻覺的方法，就會看到通往湖的地方了。」

「幻覺？對，幻覺！」聽到這個詞，阿源靈機一動大叫，「我們閉上眼睛，用上次的方法來對付這個異界，不知道會不會成功？」

「那就試試看吧。」謝梓靈放開妹妹，和其他人一樣站起來，準備逃出這個地方。終於離開束縛的妹妹急忙站了起來，一直凶巴巴地瞪著我。

「怎麼了？」我一臉無辜地問道，「剛剛不是挺符合妳的風格嗎？」

95

妹妹僅僅又瞪了我一眼，接下來就沒再說什麼了。

於是，大家開始試著用上一次的方法，往房間的牆撞過去——但很顯然，同一種方法並不適用於不同的異界。

「好吧，至少知道我們要留在這裡好一段時間了。」黃俊傑嘆氣道，「我們應該先弄清楚這裡的性質，看這到底是幻覺，還是真的有這麼多層樓，或者是其他因素，得先搞清楚這一點，才可以找到離開的辦法。」

「不如我們分成兩批人，同時朝著上面和下面的方向走，十分鐘後以∞樓作為會合點，看看會怎麼樣。」阿源道，「我們需要更多線索。」

「也對。」大家都同意了。於是就分成三人一組，開始往上下兩方進行搜索。

* * *

十分鐘後。

「我們往下跑了三十二層，得出了∞^{-32}的結果。」

會合以後，我們見到黃俊傑呼吸急促，看起來非常疲憊。

「誰要你這樣試的……」我無奈地道，「我們慢慢往上走了十三層，也和意料中的一樣，到了∞^{+13}層。」

「這樣至少可以知道，這玩意兒非常想教我們學數數。」黃俊傑道，「我們也充實地上了一課。」

「下課的辦法是什麼？老師在哪裡？」阿源以抱怨的語氣說道。

「我想，不管我們怎麼往上往下跑，都無法離開這個地方了。」謝梓靈說，「我們已經掉進了『無限』裡，無論往上或往下，加多少減多少，結果都是『無限』。」

「也就是說……我們無法用這兩道樓梯離開這個地方？」我說道，「不過，這片空地也沒有另外的出口了啊。」

我們再次打量四周，在這個地方待了這麼久，幾乎可以背出它的樣子了：一塊水泥空地，水泥天花板，左上角是上去的路，右下角是下去的路。

然後沒了，什麼也沒有。

「毫無頭緒啊……」阿源坐了下來，「難道我們要永遠困在這個地方了？」

「媽的！我可沒有時間陪你玩！」我怒道，取出長刀一刀斬在牆上，把牆斬出了一個缺口，「這裡連扇窗戶也沒有，乾脆打破牆壁逃脫算了！」

刀斬在牆壁上，出現了一連串的聲音。

「你別生氣好不好。」妹妹道，「我們先失去理智的話，是不可能離開這個地方的。」

「沒錯。不過……」謝梓靈有些疑惑道，「這裡的回音……會不會太重了點？」

直到我們聽完謝梓靈說的話之後，那刀聲仍然不斷地持續著。

「……難道說！」聽到不斷重複的刀聲，阿源好像想到了什麼，急忙往上層走，「黃俊傑，你到下一層看看！」

「收到！」黃俊傑說完，立刻站起來朝下方跑去。

我們一臉茫然地看著他們同時往上下層走，完全不知道他們想做什麼。

過了一會兒，從上方和下方先後傳來阿源與黃俊傑的聲音。

「這裡有！」

「這裡也有！」

「有什麼？你們會心電感應，我們可不會。老實說，我完全跟不上你們的思維。」

我無奈地對著上方叫道，「阿源，可不可以用完整句子來說話？」

「這裡有你剛剛斬出來的刀痕！連掉下來的碎屑，也落在同一個位置！」上方傳來阿源的聲音，「我想黃俊傑那邊應該也是！」

「什麼？」我聽了不禁愣住。

黃俊傑回來之後，我和其他人都打算上去阿源那邊看看——

「其他人可以上來這裡看著，亦穎常你留在那裡。」阿源道，「你等我指示，當我要你斬下去的時候，你就在牆上隨便斬一刀，最好是在你已經斬過的地方以外，這樣我們看起來比較方便。」

「好吧。」我無奈道。

當所有人都跑上去的時候，我聽到上方阿源的聲音，「就是現在，揮刀斬下去吧！」阿源大叫道。

於是，我照著阿源的指示，揮刀斬在另一個地方上。

我聽見樓上的每個人，都發出了一連串的驚嘆。

「看來，這個空間是共通的……或者說，根本就是同一個地方。」阿源道，「我們以為自己向下走了三十多層，或是向上走了十多層，但事實上，我們都在同一處。」

96

「如果是這樣。」我聽到黃俊傑從上方傳來的聲音，「我想到了一個好主意。」

「什麼好主意？」我在下層問道。

「什麼好主意？」上面的人似乎沒有聽到我的話，只是以同樣的句子、同樣的語氣問黃俊傑。

我聽見黃俊傑開始跟他們說話，用我聽不清楚的聲音。

「我辛辛苦苦在這裡付出勞力，卻什麼也聽不到？」我無奈道，連忙跑到上一層，聽聽他們到底在說什麼。

「咦？亦穎常你上來了嗎？我們要開始計畫了。」黃俊傑道，「雖然不知道能不能直接出去，但我想應該可以帶來一點影響。」

「什麼計畫？如何開始？什麼影響？」我連忙問黃俊傑，「我剛剛在下面那層，完全聽不見你們在說什麼。」

「待會兒，我再用最簡短的方式解釋給你聽吧。」黃俊傑狡黠地眨了眨眼，這傢伙分明還在記仇，報復之前我為了節省時間，不對他細說我們在異界的經歷。

「喂，妹妹，待會兒要做什麼嗎？」我決定問妹妹。

「我的風格是話不說第二遍。」妹妹直截了當地說，我這才發現自己這幾天似乎得罪了很多人。

「所以我就不需要知道應該做什麼事了？你們去做就行了嗎？」我有些惱怒道。

「對啊，你坐在這裡看就好。」沒想到其他人真的這樣回答。只見黃俊傑抓起那些被我的刀斬下來的碎屑，將其收集起來。

所有人開始往不同的樓層前進起來，於是只剩下我一個人。

看到我茫然失措的模樣，在一旁的謝梓靈似乎於心不忍，還是走過來跟我說話了。

「其實，黃俊傑只是很簡單地舉出一個專有名詞，說他想做什麼，以及他為什麼想這樣做。」謝梓靈道，「所以接下來我說的，都是我自己消化之後得出來的結論……有點抽象，你確認要繼續聽嗎？」

「說吧，總比什麼都不知道來得好。」我道。

「黃俊傑的想法是把這個地方當成一條不斷循環執行的程式碼看待。」謝梓靈道，「而我們，則是使用這條程式碼的用戶，當我們在這裡選擇了不同的選項，就會得出不同的結果。」

「事實上，無論你選擇走上層或是下層，都不可能離開這裡——因為程式碼早已設計好前往上層及下層的結果——走上層的話，你所處空間的數字會加一，走下層的話，你所處空間的數字則減一，就只是這樣而已，你並不會因此移動到任何的地方。」

「換句話說，我們其實都是身處同一個程式，只不過因為所做的事不同，程式碼顯示給我們看的內容也不同，這就是為什麼當你在下層斬牆的時候，我們在上層也會看到刀痕——因為你對『程式』本身，也就是『無限』本身造成了破壞，所以由它所延伸出的所有可能性，都出現了相同的缺憾。」

「在得出這個猜測以後，要做的事情就簡單明瞭多了。」謝梓靈說著笑了笑，「黃俊傑說，因為這裡已經限定了所有的可能性，所以唯一能產生第三種結果的辦法，就是做出不合乎其設定的舉動，進而使其產生無可避免的錯誤——換句更簡單的話說，就是有破壞無建設啦。」

「這樣啊……」作為一名與電腦有密切接觸的人，我對謝梓靈剛剛所說的話還是有點概念的，然而……

「等等，我妹妹和潘菁妍她們，真的明白黃俊傑在說什麼嗎？」我還是忍不住問道，「她們會不會自以為很懂，卻做出別的東西來啊？」

「我想應該不會。」謝梓靈想了想以後道，「黃俊傑只是對她們說『總之你們把不同樓層的碎屑收集起來，放在同一個地方就對了。』這句話而已——至於那些碎屑可以如何破壞這裡，我也沒有細問，待會兒你可以去問他。」

「真是細心啊，黃俊傑這個人。」我有點佩服。

十分鐘後，我們再一次在「∞」集合，把所有收集起來的東西集中到中心。

「好了，這樣的量應該足夠了。」黃俊傑看著那幾袋碎屑說道。

「你打算怎麼樣用這幾堆東西破壞這裡的規則？」我直接問黃俊傑。

97

「咦？竟然靠自己想出我們正在做的事了嗎？」黃俊傑有點驚訝，「除了阿源以外，你可是第二個能這樣做的人了。」

「呃，其實不是。」我連忙搖頭起來。

「啊？那為什麼——算了，不重要。」黃俊傑道，「總之，這些東西都是你在『無限』斬出來的那一刀所造成的，是從其他不同樓層，也就是不同的結果中得來的碎片。」黃俊傑把其中一袋扔給我。

「雖然看起來是不同的東西……但根源上是一樣的，現在我們正要把大量一模一樣的『程式碼』的碎片，聚集到同一條『程式碼』裡——我認為這樣應該足以使這裡崩塌。」

「可是，我沒有看到這裡出現了什麼分別啊。」我道，「是不是我們弄錯了什麼？」

「你真的是那位立志要修理所有女孩子電腦的男人嗎？亦穎常？」黃俊傑以一副恨鐵不成鋼的眼神看著我，「如果是這樣的話，那你還沒有足夠的覺悟啊。」

「我可沒有這麼遠大的志向。」我沒好氣道，「快把話說下去。」

「程式碼出問題了，也要執行它才知道啊，我們現在只是站在原地而已。」阿源把那些東西撒在原地，「什麼也不做的話，那就什麼也不會發生，我們需要觸發它才行。」

「觸發它……你的意思是，我們現在再往上一層走？」我問道。

「往下走也行，如果我的猜測沒有錯，我們已經成功破壞了它。」黃俊傑道，「接下來只需要走出那一步就行了。」

「就這麼簡單嗎？只是把碎屑撒在原地而已？」妹妹看著地面的牆壁碎片，「看起來……就像那些道士在做法一樣啊。」

「妳也可以這樣想。」阿源哈哈大笑起來，把最後一塊碎片倒在地上，「好了，我們準備走吧。」

我看著黃俊傑滿心歡喜地帶頭往樓梯走去，有一種非常不實在的感覺。總覺得，事情不會這麼簡單。

「我們要不要先停下來，計畫一下再說？」我決定把自己的不安說出來，「我覺得，事情可能比我們想像中的還要複雜……」

「當然還要複雜，因為我們根本就不知道它運作的原理。」黃俊傑道，「但不知道又如何？我們已經破壞了它，也不需要管它是怎麼來的了。」

我看著黃俊傑，他一樣帶頭往下方前進。就在他踏上了第一個台階的時候——

一腳踩空。掉進了虛空裡頭。

「黃俊傑！」我們走到樓梯前，看著黃俊傑一臉茫然地往下掉，直至他逐漸變小到肉眼無法看見為止。

正如樓層的名字一樣。掉進名為「無限」的深淵裡。

「我就說，即使程式錯誤了，也不太可能會導出正確的結果來……」我失聲道，「出現錯誤的結果，就只有使它完全無法運作而已！」

「媽的……我們太有自信了，自以為能處理掉這玩意兒，誰知道到最後只能被它牽著鼻子走！」阿源咬了咬牙，回到樓層中心，開始拚命地破壞起來。

「你、你怎麼了？」妹妹看著阿源取出太刀拚命地破壞地面，有點害怕地問道。

「我要把這個地方完全破壞掉，也就是說，令這裡也出現無法修復的錯誤！」阿源瘋狂地將太刀來回劃動在不同的位置上，讓牆壁和地板都出現了一道道裂痕，「直到我們身處的地方也變成虛空為止！」

「你這樣做有什麼意義啊？」謝梓靈焦急地大叫。

「當然有意義！既然存在這種具有邏輯的空間，也自然有創造它的事物出現！」阿源大聲回答。「它一定存在！只要我們威脅到它的話！」

「可是，黃俊傑怎麼辦……」我看著下層的通道，那已經消失掉的空間，被空無一物的虛無所取代，「難道他就這樣莫名其妙的……」

「當然不會！我現在就是在救他啊！」阿源道，「他掉下去的地方，也是程式的一部分！如果要修復的話，一定會把他帶上來的！我們現在要做的，就是讓那個管理者意識到，再不對我們的朋友做點什麼，並且把這裡回復原狀的話，我們就要把他的傑作斬成碎片！」

我看著阿源瘋狂的舉動，再加上他說的話，竟也受到他的影響，開始亂斬一通。

98

「啊啊啊啊啊啊啊啊！」我怒吼著，重複把刀砍向牆上的「∞」，「你最好現在就把我們的朋友還回來！不然就等著我們和這玩意兒同歸於盡吧！」

我不斷地來回砍擊那個紅色的無限符號，直到把它敲出了一道裂痕為止。

就在那個裂痕裡頭，我看到了一個正發著紅光的正方體。

我毫不猶豫地拿出了那個正方體，打算把它弄成碎片。正當我把它扔到地上，想一刀砍過去的時候——

突然，整個地方都變成了一片藍色。

原來的地板、原來的牆壁、原來的虛空，甚至是我們，都無一例外的，染成了完全的藍色。不是在大坑裡那種淡淡的藍色霧氣，而是像美術課用到的顏料一樣，實實在在的深藍色。

我發現自己的身體和其他人一樣，也停在原地定格不動大概一秒。到了下一秒，周遭的場景就完全轉變。

周圍的人都消失了，我正身處一個毫無邊際的白色空間裡。

在這個白色空間的中心，放著一台舊式的電腦，就是電腦螢幕比主機還要笨重、滑鼠帶滾輪的那種。

我往那台電腦走去，發現它是開啟著的。

電腦上僅顯示出類似指令介面般的黑色畫面，除了最上方的文本框，下方還有一行文字欄位讓我輸入文本——顯然這是一個聊天室程式。

在聊天室裡，有一個名為「無名氏」的人，輸入了四個中文字，我走近一看——

「完啦好嗎？」

這就是「他」所說的話。

「不行。」我用鍵盤輸入這兩個字，按 Enter 傳送出去。我發現這台電腦竟然還提供不同的輸入法，甚至連手寫板也有。
「為什麼？」過了大約十秒鐘，聊天室的另一端傳來回應。
「把我的朋友帶回來，那我就會停止破壞。」我輸入。
「請定義『我的朋友』。」
「黃俊傑，這樣懂了嗎？」
「請定義『這樣懂了嗎？』。」
我愣了愣，和我說話的應該不是人，而是另一台電腦才對——或者說，人工智能。
「把我的朋友帶回來，那我就會停止破壞。」於是，我決定重新輸入一遍我的要求。
「請定義『我的朋友』。」
「黃俊傑。」
「請定義『帶回來』。」
「……呃，我們都在相同的地方？」我猶豫著並把話傳送出去。
「明白了，我只需要把你們都帶到虛空就行了，是否同意？」
「不同意！快回到上一頁！」我連忙道。
「請定義『帶回來』。」
「呼……」我吐了一口氣，看來得小心說話才行。
在思考一會兒後，我決定把自己想好的、應該能無誤傳遞「把黃俊傑送回安全的地方」的訊息傳送給電腦。

大約半分鐘後，電腦那邊傳來新的訊息。

「提案接受，在三百秒後，我將把你們全都送回樓層中，只要你們在六十秒內沒有做出任何破壞行為，我就會開始進行交易。」

說完，電腦的另一端就再也沒有傳來任何的字句了。

「……這樣，就行了嗎？」

我打量四周的環境，果然，能調查的只有這台電腦而已。

我小心翼翼地敲打自己的問題，將其傳送出去。

「這裡是哪裡？」

「世界的中心，或者說，控制台。」

「什麼？」

我沒有打出這兩個字，只是對著那台電腦叫道。

「把我們都帶到現實世界去吧。」我連忙輸入。

「無法執行，我沒有控制其他世界的功能。」怎知道，電腦卻在我打出文字以後，瞬間回答我的問題。

「也就是說……我們的確到了其他世界囉？」我心想。這時候，我突然想起，自己還有三百秒就要離開這裡了。

「可不可以延長一下留在這裡的時間？我想多問你幾個問題。」我輸入了要求。
「要求拒絕，系統已經正在執行修復，無法取消。」電腦如此回答。
我不禁吞了吞口水，得把握時間啊。

99

我想了大概三秒鐘，就輸入了第一個問題。
「這個世界是什麼？」
「另一個世界。」
這根本和沒問一樣啊！我抱頭道。
為了問得更準確些，我決定繼續問下去。
「這個世界和另一個世界有什麼分別？」
我得意地挺起胸膛來，這樣你總能回答一些這裡的事了吧——
「這裡霧挺大的，我想現實世界應該沒有這麼大的霧。」
我一手拍在鍵盤上。

「請定義『粒帆云在吁沁兆』。」電腦傳來另一個問題。

我想了想，決定由最基本的開始。

「給我一個倒數計時器，倒數距離傳送出這裡的時間。」

「要求接受。」

畫面右上角真的出現了一個倒數計時器，計時器上顯示著「286」的數字，還不斷地減少著。

「有什麼辦法回到現實世界？」

我決定朝電腦打出一記直球。

原本以為電腦應該不會回答我的問題，誰知道在我輸入問題的瞬間它就回答了——彷彿早就猜到我會這麼問。

「要回到現實世界，需滿足以下條件：你必須不能真正死去或正在死去，而且必須沒有這個世界的記憶，並在現實世界一百四十秒內，激活你在兩個世界之間的聯繫。」

文字到這裡就結束了。

我沉默著，仔細思考電腦的這番話。

「如何失去所有記憶？」

「我沒有這樣的功能。」

「這不就和沒辦法一樣嗎！這是什麼語言藝術！」我憤怒道，「我要如何在不知道這個辦法的情況下，知道如何回去！既然我知道了，那我就不可能回得去；既然我不知道，那我也不可能回得去！」

雖然不知道它明不明白這些話，我還是輸入現在的感想了。

「事實上，你並不需要完全失去這個世界的記憶，成功離開的第一個人，僅是因為長期處於精神混亂的狀態，因而成功通過判定。」電腦出現了這樣的訊息。

「第一個離開的人是不是王亮端？」我愣了愣，並迅速追問。

「不是。」

「不，他不叫王亮端……」我想了想，把他真正的名字輸入電腦。

「第一個離開的人是不是喬逸昇？」

「是。」這次，電腦回答了。

「果然，我們的猜測沒有錯……」我嘆了口氣。

「補充訊息：根據該人的心理測定狀況顯示，此人在進入這個世界時，因受到最大程度的恐懼，對自己及周遭事物的記憶變得迷糊，推測可能是其情緒管理能力遠比一般人低的緣故。」電腦道。「補充訊息二：你們當中也有類似的、符合條件的人存在。」

我迅速地想到了一個人。

倒數計時器顯示的數字是：「202」，沒想到這個問題就用掉了超過一分鐘的時間。

但是，我還有很多問題想問，特別是關於這個問題，還有很多需要弄清楚的細節。

「請定義真正死去，以及正在死去。」

這句話不是電腦發出的，而是我自己輸入的問題——我想用類似電腦的對話方式，應該能讓它更快回答才是。

「回答這個問題，可能會對你的生命狀況造成無法逆轉的破壞，是否繼續？」

這算什麼，恐嚇嗎？

但我想了想，還是決定輸入「不」比較好，反正這也不是非要知道不可的問題，既然電腦這樣說，我也不想拿自己的性命來冒險。

「189」。

「現實世界的一百四十秒，指的到底是什麼回事？」我輸入了下一個問題，「現在還有多少秒？」

「這裡的時間流逝速度遠比現實世界慢。」電腦回答，「現在，在現實世界也僅僅經過了九十九秒而已，也就是說，你在現實世界還有大約四十一秒能夠離開這裡。」

我想起了「天上一日，人間數年」這個故事——某人在天界停留了一天的時間，享樂以後回到人間，卻發現現實世界已經過了數年。

如果這個世界是剛好相反的話，那這裡又是哪裡？

我沒有特地記錄在這個世界已經過了幾天，但我想應該至少有一個多月了，可見這個世界的時間是多麼慢。

「150」。

「好了，待會兒再想這個問題，兵貴神速啊。」下一個問題。

「如何激活兩個世界之間的聯繫？」

100

「在符合條件的狀況下，進入這裡。」電腦顯示了一張圖片，那是學校後山那些樹的圖片，「只要正在發光的，都可以進入。」

「我好像問了句廢話。」我抓抓頭，時間只剩下「132」而已。

「那，我們到底是怎麼進來的？是誰讓我們進來的？讓我們進來的目的是什麼？」

我打出了一記三連擊。

「誰他媽的在乎。」

誰知道，電腦卻這樣回答。

我只差在沒有一拳打在螢幕上而已。

「小子你是人吧？和我對話的是人吧？」我輸入了這些話，「電腦怎麼可能會這樣說話？」

「我不是人，也不是電腦。」沒想到，電腦卻如此回答我，「是這樣嗎……原來你看到我的模樣是電腦嗎，怪不得我和你說話的時候，必須用這種生硬的對話方式。」

「什麼？」我愣住了。

「我是什麼，在於你覺得我是什麼。」電腦的回答越來越流暢了，「如果你相信神的話，那我就會以神的姿態出現，如果你認為我是生命中某個最為重要的人，那我也會以同樣的姿態出現在你面前，而當你認為，我是一台無所不能、知道一切的電腦，那我就會是電腦——如果你認為沒有這樣的東西存在，那我也不可能這樣跟你說話。」

「你思，故我在。」

最後，電腦顯示了這一句。

「那麼——」我頓了頓。「你現在，是人。」

在我說出這句話之後，電腦的形態也迅速變動。

「哼，學得挺快的嘛。」一個由無數黑團塑成的人形，走到我的面前。「你還有一百一十四秒，繼續問吧。」人形舉起了他手上的碼表，上面正顯示著「114」這個數字。

「就不能變個可愛點的嗎？」我無奈道，「我不想對一個不可一世的人問話。」

「關我什麼事？這是你自己想像出來的，你覺得最高主宰應該是不可一世的，那我就是不可一世的。」那人笑起來，原本是嘴巴位置的黑團也露出了「獰笑」的白影。

「不然你現在也可以催眠自己說我是一名可愛的女生，那樣不就行了嗎？或是你想要的，是可愛的男孩子？」

「不，我對你的幻想已經破滅了，變不回來的。」我揮了揮手，「你別想浪費我的時間，快繼續。」

「那就繼續吧。」黑影的身邊出現了一張椅子，連我身後也出現了，「啊，你還真有風度啊——謝謝。」黑影說完，就這樣坐了下來。

「我們繼續。」我冷冷道，「為什麼說誰他媽的在乎？我現在就很在乎。」

「呃，這對你來說是種侮辱嗎？那是現任管理員設定的，要我在面對某幾句問題的時候，只能這樣回答。」黑影道。「如果是這樣的話，那現任管理員還真是挺壞心眼的。」

「現任管理員是誰？」我連忙問道。

「誰他媽的在乎。」他回答。

「是仇柏希？」我問道，「是仇柏希嗎？」

「不是。」黑影笑道。

正當我以為真的不是仇柏希時，才發現我問了一句傻話：仇柏希根本就是他的假名，就像我剛剛問王亮端是不是第一個離開的人一樣，所以他才可以如此輕鬆地回答不是。

「你還有七十六秒。」他再次舉起碼錶，「繼續努力。」

「至少我可以知道，這裡有一個管理著這個世界的人。」我道，「那個人應該是仇柏希，對吧？雖然我不知道他的真名，但大概就是他。」

黑影沉默著。

「那麼，這個世界出現的原因……該死，這根本是相同的問題。」我道。

「對啊。」黑影繼續笑道，「你還有六十五秒。」

「不用你說我也知道！」我發覺我開始被黑影的話弄得心浮氣躁起來，「那麼……為什麼大家會失去九點以前的記憶？」

「這是為了保護大家而做的措施，和剛剛的問題一樣，如果知道的話，你會有生命危險。」黑影若有所思地看了我一眼，「或者我應該說，失去回到現實世界的可能性。」

「那就算了吧，你應該不會說謊。」我道。「我想知道……既然退貨的人是回到現實世界去，那麼等待送出的人是……」

「就是真正死掉啊。」黑影想也不想就回答。「他們都真正地死掉了，真真正正。」

101

「……為什麼要特別強調真真正正這四個字？」我察覺到疑點後問道。

黑影微笑著，他似乎不想回答這個問題。

我皺起眉，不斷想著還可以問他什麼。

「你似乎很苦惱呢。」黑影道，「要不然，接下來的五十秒，就由我來說一些你可能想要知道的事情好了？」

我看著黑影，猶豫了一會兒。「那……好吧。」我終於回答。

「好，那我就長話短說吧。」黑影道，「這其實是我個人的真心話：我覺得你們待在這裡也挺不錯的，不如就這樣留下來吧，這也是主人最初的想法。」

「什麼挺不錯的？在這裡死了多少人，你知道嗎？」我怒道，「這地方根本就和地獄沒有分別？」

「地獄？」黑影疑惑地看了我一眼，然後狂妄大笑起來。

「如果你們認為這個地方是地獄的話，主人一定會很傷心的。」黑影看著我，雖然他沒有眼睛，但我卻莫名感受到他的憤怒。

「你知道主人為了創造這個地方，花了多少心血嗎？你知道她犧牲了多少嗎？你們這些混帳，這裡的每一樣東西都可以讓你們安穩地生活下去，你們卻因為各自的劣根性而開始內鬥！就連現任管理員也放棄你們了！」

「你給我聽好，我本來想再多教你幾件事的，但你真的惹我生氣了，我就教你這件事，也只說一遍！」黑影走近我面前，「瞪」著我道。

「聽好了，在這個世界裡，只要你覺得它存在，它就存在！只要你沒有看過它，或是不記得它，或者不想它存在，那它就不存在！這就是這個世界唯一的法則！」

我聽完，頓時聯想起久遠的記憶。

「那台電視機、那些圖書館的參考書……也是因為這樣才消失的嗎？」我喃喃道，「因為它們不是太老舊，就是收藏得太隱密，大部分的人都不知道有這些東西存在，然後就……等等，難道，那些武器、那些食物！」

「哼，果然不需要我多說幾句，你就明白所有的事情了。」黑影道，「運用這條法則好好生存下去吧——如果可以的話，不要離開了，就留在這裡吧——主人她，真的想要你們留下來啊。」

依照碼錶顯示，我們還有十秒。

「喂，我的朋友到底在哪裡，你又會把我送到哪裡？」我問道。

「這個問題，你回去就知道了！」周遭的環境開始變得陰暗，「我們就在這裡說再見吧！不，最好都不要再見了！你這個蔑視這裡的傢伙！」

他的話才剛剛說完，場景又突然轉換。

「咦？」我抬起頭看著其他的人，也迷茫地看著眼前的景象。

我連忙回頭看，牆上正寫著「8」這個字，而8樓的盡頭，也沒有再上去的路了。

唯一存在的，就只有握在手中的那樣物品而已。

我把紅色的正方體拿出來，凝視著它。

「咦？我們不是身處無限樓當中嗎？我剛剛還掉下去了……」黃俊傑看著地面，為了確認，他還特地踏了兩腳，「能夠站在地面上的感覺真好啊。」

「果然，我們的辦法成功了嗎……」阿源踩了踩地面，「逼迫那東西把我們傳送回這裡來了。」

「你們有被傳送到那個地方嗎？去見那台電腦……或是別的東西。」我連忙問道。

「電腦？別的東西？你在說什麼啊？」阿源茫然問道。

其他的人也以同樣的眼神看著我。

「呃，難道說，就只有我一個人這樣嗎……」我道。

「你又遇到了什麼事情嗎？」妹妹問，「可是對我們來說，由剛剛『無限』崩潰，到現在回到八樓，也只是過了一兩秒而已。整個空間突然變成一片藍色，就回到這裡了。」

「對我來說，則是突然回到這裡。」黃俊傑道，「我想，我剛剛體驗到的，應該就是無止境的高空跳傘吧。」

「這樣啊……」我說完就沉默起來。

剛剛在那個地方得到太多資訊了，導致我連從哪個地方開始思考也不知道。

最後從黑影身上得到的資料，就是這個世界存在著「主人」以及「現任管理員」這兩個人。

102

主人指的，應該就是創造出這個世界的人吧，而現任管理員，很可能是仇柏希。

另外一件事，就是他所說的「只要你覺得存在，那它就存在」的法則……

如果他說的是實話，那這個法則到底可以用到什麼程度？而且，他為什麼又要把這件事告訴我？

如果我不斷地想「這裡有一扇通往現實世界的門」，是否真的會立刻出現這扇門呢？

「到底發生了什麼事？」妹妹問。

「沒什麼，剛剛只是浮現了一些幻覺而已，或許是過度驚嚇的關係吧。」我說道。因為那件事說起來實在是太複雜了，我還是決定待會兒再說。「那麼，我們現在可以離開了吧？」

「我想是的……但是你們先來看看這個吧。」謝梓靈指向八樓的另一道牆，「看看這上頭刻著的一連串數字……它還在不斷跳動著啊。」

我們紛紛望向那道牆，看到了一連串巨大的數字，以及加在這串數字旁的註腳。

「仍在包裝：7535875241」。

每一秒，這串數字的個位數都在不斷變動著：向上加一或是向下減一。

「這到底是什麼啊……」大家不解地看著那串數字，只有我知道那串數字所代表的意思。

沒錯，如果把「人」當成一件「貨物」來看。「等待送出」，就是送走死去的人。「退貨數目」，就是那些回到現實世界的人；「仍在包裝」，指的應該就是所有仍然生還的人。

「我想它所指的，可能是全球人口的數目。」我低聲道，「那傢伙，難道想把所有人都拉進這個世界裡頭嗎？」

「怎麼了……從剛才你的語氣就變得很奇怪。」潘菁妍問道，「到底發生了什麼事？」

「是啊，到底發生了什麼事？」這時候，我們都聽到了一個不屬於我們六個人的聲音，「到底，發生了，什麼事？」

大家轉過頭去，二話不說就朝著聲音的來源發射連弩。

仇柏希舉起兩把開山刀擋掉箭矢，並迅速地往我們的方向接近。

「該死！又在我們沒有準備的時候偷襲！」阿源咬咬牙，拔出太刀擋下了仇柏希雙刀的砍擊。

「如果不在你們沒準備好的時候攻擊，那怎麼能叫偷襲？」仇柏希打退了阿源，並揮刀斬向黃俊傑，我發現他的攻勢變得兇悍許多，每一刀都是朝著我們的要害攻擊。

「哇！」黃俊傑連忙拔起刀防禦，但也被仇柏希砍擊的威力震退好幾步遠。

「你們……為什麼連這個地方也要來？」仇柏希冷冷地看著我們，雙眼間再也沒有殺意以外的東西，「好好留在這個世界不就行了嗎？不去追尋真相，在這裡生活下去不就行了嗎？為什麼要尋找離開這裡的辦法？」

「這就是人性啊！」阿源舉起太刀朝仇柏希斬去，「只要我們一日是人，就會做出同樣的舉動！即使這個狀況重複了一百遍，我們也會這麼做！」

「你給我閉嘴啊啊啊啊！」仇柏希一刀就把阿源的太刀斬碎了。

「！」阿源瞪著眼睛，看著那把太刀在眼前碎掉。

「你們沒有人有資格說出這句話！」仇柏希怒道，又開始朝其他人攻擊。

仇柏希迅速衝到其中一個人的面前攻擊，斬了一刀以後就立刻跳到另一個人旁邊繼續攻擊，沒有人跟得上他的動作。

「什麼叫『這就是人性』？既然每一個人都知道這樣做是錯的，為什麼就不能一個個改善？為什麼就不能承認自己有錯？為什麼總是要用『這就是人性』這種好像事不關己的藉口來掩蓋錯誤啊啊啊啊！」

「你到底……在說什麼啊？」

仇柏希怒吼著，把其他的人一個個擊倒在地。

這才是仇柏希真正的能力。我驚訝地想著。

「以前的我竟然還幼稚地認為，只要下手輕一點，讓你們知難而退就行了。」仇柏希看著我道，「現在我已經不可能這樣做了。今天，你們所有人，全都要死在這裡。」

103

正當我們被仇柏希打得無法招架，也都受了傷時——

「啊啊啊啊啊啊啊！」阿源怒吼著，仍然把碎掉的太刀當作武器，像短刀一樣砍向仇柏希的頸部——同樣是瞄準要害攻擊。

仇柏希僅僅用左手的開山刀，就擋住了阿源的攻擊。

「你們快跑！我和這傢伙還有帳要算！」阿源拔出了刀，並後退數步，「如果仇柏希發現了我們，外面一定也會有很多老師趕來的！你們要趁他們還沒到達前逃出去！」

「你瘋了嗎？我們六個人都打不過他，你一個人能抵擋到什麼程度？」我連忙道，「你這樣做和自殺有什麼分別？」

「我說死不了，就死不了！」阿源持續攻擊，來回朝仇柏希斬擊，速度之快甚至逼得仇柏希必須以第二隻手防禦，我們趁機打算從後方偷襲，「媽的，你們別過來！」誰知道，阿源卻移動到我們的射程範圍前，迫使我們必須放棄攻擊。

「你到底想幹什麼啊，阿源！」我怒道。

「我說了要你們快走，你們給我走！」阿源把刀斬向仇柏希的下半身，邊斬邊說道，「別婆婆媽媽的，快給我滾！」

「算了，我們走吧。」黃俊傑似乎接受了阿源的話。

「不行！如果就這樣走掉的話，阿源他會……」妹妹道。

「阿源和他……似乎有什麼過節，需要他們自己去解決。」黃俊傑道，「我們在這裡待著，反而會阻礙到他們。」

「即使做完這件事情的代價是死嗎？」我反問道。

出乎意料的是，也許是因為看到阿源變得如此憤怒，仇柏希減緩攻擊的頻率，由原來的攻擊轉為防守。

「你們大可以先走，反正我也能一個個追上你們，這個星期之內，你們一定會一個個死掉的。」沒想到，仇柏希卻跟著這樣說，「或者，你們不想太麻煩的話，也可以留在這裡，讓我省點腳力。」

「快離開！」黃俊傑拚命眨著眼，「不要浪費這個機會！」

我知道黃俊傑想到的是，在雜物房的位置設下埋伏，進而幹掉從八樓走下來的仇柏希——我只能咬牙同意阿源的計畫。

＊＊＊

在亦穎常等人離開以後，八樓就留下了阿源和仇柏希兩人。

「……我認得這把太刀。」仇柏希看著阿源握著的、那把前端已斷裂的太刀，「我記得那是我製造出來的，後來交給了一位老師。」

「對。」阿源拿著那把碎掉的太刀，冷冷地看著仇柏希，「她後來死掉了，因為你的命令死掉了。」

「……抱歉，我不是故意這麼做的。」仇柏希低聲道，「相較於那些學生，學校的老師更不穩定……為了讓他們全部聽命於我，我才對他們使用校長臨走前賦予我的……但我沒想到，她受到控制之後竟然發瘋了。」

「一般來說，只有原本就完全聽命於我的人，才會在受到控制以後發瘋，只是——」

「她當然聽你的話，你這個人渣！」阿源怒道，「每一次我和她講話，她都只是說著你的事而已！這樣的情況下，她又怎麼可能不聽命於你！」

仇柏希愣了愣。「是這樣嗎……原來是這樣。」他沉聲道，「對不起，阿源，我真的不知道——」

阿源舉起刀，打飛了仇柏希左手的開山刀。

仇柏希見狀，連忙後退好幾步，擺出防守的姿勢。

「她死前仍然不斷地叫著你的名字。」阿源冷冷地看著仇柏希，「不斷地，叫著你的名字，直到被那些學生殺死為止。」

「我總算弄清楚你憤怒的原因了。」仇柏希道，「我知道你一定很恨我……但是，我還有自己要守護的人啊。」

仇柏希拾起了掉在地上的那把開山刀，將它扔給了阿源。

「是那個瘋子校長嗎？我早就聽說過她的事了。」阿源道，「好像和你一樣，也是這間學校的同一屆畢業生？才二十多歲就當上校長，在地球上任何一個地方都不常見啊。是靠了些手段還是什麼？」

「所有。」仇柏希看著阿源，「她為了這個目的，使出了所有手段，我不可以讓她的努力白白浪費。」

104

「即使她做出了這個混亂的世界？」阿源對眼前的開山刀根本不屑一顧，只是繼續拿著那把太刀，將開山刀扔回給仇柏希。「仇柏希，她已經讓整間學校的人都陷入快要死亡的危機了，雖然我不知道她是怎麼創造出這個世界的，但面對這個惡魔，你真的決定還要幫助她？」

砰！阿源身後的牆壁，正插著那把被扔來扔去的開山刀。

「她不是惡魔。」仇柏希看著阿源，淡然道，「讓她變成惡魔的，是你們。」

「哈，說得真好聽。」拿著那把碎掉的太刀，阿源衝向了仇柏希，「在那些小鬼和我分開的三個星期裡，我獨自調查了許多東西，也知道了很多事情——例如，我知道這個所謂的八樓裡，埋葬著校長的屍體，聽說，好像還是你親手埋葬的。」

仇柏希渾身一震。

「她已經死了，在創造這個世界的過程中死掉了，對不對？」阿源吼道，「但即使她已經死了，你還是聽從她的計畫一步步去做，讓這裡所有的人都要因為她莫名其妙的想法陪葬，你到底在想什麼啊，仇柏希！」

＊　＊　＊

「待會兒仇柏希走這條樓梯下來的時候，我們就把這條樓梯拆掉，讓他掉下來。」黃俊傑道，「謝梓靈妳們就躲在角落朝往下墜落的他射擊，我們則在樓梯下方左右夾擊他，能做到嗎？」

「當然可以。」妹妹點點頭，「只是，沒有想到那些老師竟然都不在外頭，真是出乎意料。」

「這真的要感謝楊充倫和他那些恐怖分子，大部分的老師似乎都去收拾殘局了。」我說，「從這裡看出去，四樓、五樓的火還在燃燒……雖然仇柏希說過隨便那些人互相交戰也沒關係，但要是學校毀掉的話，對他們也很困擾吧。」

就在這個時候，一個身影躍過了我們。

「什麼？」黃俊傑大驚，那個人甚至連一級樓梯也沒踏足，就這樣「飛」到了地面，朝著外頭衝出去。

「吼啊啊啊啊啊！」

那個人，發出了猶如野獸般，卻帶著強烈哀傷的叫聲。

「他來找我們了。」黃俊傑驚愕道。

向外衝出去的人，正是仇柏希。

「但似乎因為太過憤怒的關係……所以他看不到我們躲在雜物房內……如果仇柏希走了，那阿源怎麼樣了？」

「不僅僅是憤怒。」妹妹呆滯道。

仇柏希他，不僅僅是憤怒地大吼著。

「我剛剛好像看到……他在哭啊。」

＊　＊　＊

「阿源！」

等我們回到八樓的時候，只看見阿源躺在八樓的地面上，痛苦地喘息著。

三把刀。

阿源的左右手，都插著一把開山刀，在他的胸口上，則插著那一把太刀。

「哼。」阿源看到了我們，突然提起精神，「還是小看了他啊。」

「我就叫你不要和他單打獨鬥，你怎麼不聽！」我既憤怒又悲傷地叫著，「你撐著點，只要把刀拔出來的話……」

「哈，不用了。」阿源勉強地笑了笑，「雖然說這個地方能自我修復……但我不認為流了這麼多血以後，還能活到足以讓自己復原啊。」

從阿源傷口流出來的血，已經徹底地滲透了他的整件上衣。

「……我已經做到了，我最後想做的事。」阿源緩緩道，「反正我的親戚也不會管我的死活，我也沒有朋友，家人都已經死了……」

「媽的，振作點！」我流淚道，「我為了之前的話跟你道歉！都是我的錯！你一定要活下去啊！」

「呃，對不起，我忘了還有你這個混蛋……」阿源苦笑起來，「不過，我活得太寂寞了，已經經過多少個年頭了？大概已經有二十多年沒聽過家裡有別的聲音了……」

「我以為，她會成為這二十年來第二個不同的聲音……」

阿源的聲音變得越來越虛弱。

「不過……這一切已經結束了，連讓我代替她一起活下去的意義也沒有了……」

插在阿源胸口上的太刀，事實上已經支離破碎了，甚至只要把它拔出來，刀刃就會立刻碎掉。

「所以……對不起，亦穎常，我想放棄了。」

105

「我以為你是想引開他的注意力，製造捉住他的機會，才這樣做的……」黃俊傑內疚道，「可惡！你的目的是為了自殺嗎？」

「對了，忘了告訴你們一件事。」阿源道，「因為我不太肯定這個情報是否正確……

但剛剛搜索過那個地方後，我幾乎可以肯定，那些從外界回來的人的位置在哪裡。」

「他們就在六樓家政教室的那個隱藏的空間裡，應該有老師在看守，但以你們的武器來說，要攻進去應該不難。」阿源道，「仇柏希的事就算了吧……把那些人找出來，並弄清楚外界有些什麼……可能、可能會有離開這個地方的方法。」

「還有一件事。」阿源竟然用插著刀的左右手，把自己胸口的太刀拔起。

「呃啊啊啊啊！」

伴隨著痛苦的呻吟聲，阿源拔出了太刀，將它交給我——事實上，那把所謂的太刀只剩下半片刀刃而已，其餘的部分都留在阿源的體內了。

「這把太刀原本的主人曾經說過……喜歡待在有很多樹的環境裡。」阿源把刀刃遞給我，「能把這把刀埋在後山嗎？拜託你了。」

＊　＊　＊

阿源死了。

在說完那句話之後，他就閉上了眼睛——諷刺的是，他是帶著笑容死的。

這是我第一次，也是最後一次看到阿源，露出如此真實的笑容。不是為了應酬，而是真正的，笑了。

從學校溜出來以後，我們並沒有在第一時間就按照阿源所說的地點，到六樓家政教室那邊找人，而是先回到學校的後山，就在進入樹林通道前的那片空地，把阿源和那把刀分別埋葬在兩棵並排的樹下。

或許是因為那些老師正在處理楊充倫的事，一路上我們沒有遇見任何一位老師。

「……對不起，我不知道這樣做你會不會高興。」在埋葬了阿源以後，我對著那塊土地淡淡道，「但我想，那個人對你來說應該是非常重要的人吧……所以，我將那把刀埋在你身旁了。」

「不，那是沒有意義的……」黃俊傑沉聲道，「他的屍體很快就會被傳送到湖裡，我們現在做的事……」

「是沒有意義的？不。」我搖頭否定黃俊傑的說法，「對他來說，能與那個人多相處一秒鐘，應該也是一件幸福的事。」

眾人看著埋葬阿源的地方，沉默了很久很久。

「……我們該走了。」我道，「讓他們再獨處一會兒吧。」

在稀薄的綠霧下，我們離開了後山，再度回到學校。

＊　＊　＊

「這就是我所知道的事情。」

我們躲藏在三樓其中一間教室，在確認安全性之後，我決定先把自己在「無限」異界遇見「電腦」的事告訴每個人，等大家知道所有線索後，才再次出發前往六樓。

「資訊太多了，我來整理一下吧。」黃俊傑聽完我的話以後，走到黑板前總結我所說的話。

「首先：那玩意兒提出了回到現實世界的方法——要強調的是，不是我們的世界變成了現在這樣，而是我們到了另一個世界。」黃俊傑道，「條件是，我們要忘記這個世界的事情、或是處於精神衰弱的情況下，在現實世界的一定時間內，走進這個世界的樹洞裡，成功的話，就會像王亮端那樣，回到現實世界去。」

「沒錯。」謝梓靈點頭道，「如果說我們接下來要做什麼事，也只有找出達成這個條件的方法了。」

「第二件事：仇柏希似乎是這個世界的管理員，而這個世界，還存在著一個創造它的人。」黃俊傑把第二項寫在黑板上。

「我們不僅要把他捉過來問關於這個世界的事……還要為阿源報仇。」我堅定道，「下一次，仇柏希一定要死！」

「能不能殺死他，就要看你得來的第三個情報了。」黃俊傑把最後一件事寫在黑板上：「在這個世界裡，只要你覺得它存在，它就存在；只要你沒看過它、或是不記得它，或者不想它存在，那它就不存在。」

「這也可以解釋，為什麼學生會那邊能從老師那邊得到這麼多的食物，而那些老師也莫名地有一大堆一模一樣的連弩。」潘菁妍說。

106

「只是，有一個問題……既然什麼都能做出來，為什麼老師不直接想像出手槍之類的武器，而要想像連弩這樣……懷舊的武器？」

「這個法則可能還是有某些限制的。」我道，「我記得那些老師是在沒收學生製造的那件連弩之後，才大量複製出這東西的……可能需要看著成品製造才行？」

「應該是你要對那東西有足夠的了解，才能製造出它。」潘菁妍說，「像泡麵、水這樣的東西，可能也是因為教師休息室那邊有，才能複製出來吧……但槍械應該是不可能的事情了。」

「仇柏希那把開山刀，可能也是這樣得來的。」妹妹道。「至於太刀……可能教師休息室裡也有？或是仇柏希對它非常了解？不管是哪一件。」

「所以……我們只需要看著這樣東西，不斷想像它會無緣無故變成兩件，這樣就可以嗎？」我看著放在課桌上的一條巧克力喃喃道。

「你不可以說無緣無故，這樣你潛意識裡不也認為這件事情不可能發生了嗎？」謝梓靈道，「你要想著這裡本來就有兩條巧克力才行。」

「說是容易，但做起來卻很難啊……」我無奈道，「要怎樣做，才能讓自己相信一件不存在的事情是存在的？」

「仇柏希那傢伙……應該也是練了很久，才能達到今天的程度吧。」黃俊傑道。

「總之，我現在就來試試看吧。」我閉上眼睛，像大坑那次一樣集中心神，不過這一次，是想像「這裡有兩條巧克力」這件事。

「聽從我的命令，出來吧！」我大叫之後，睜開眼睛。

……什麼事也沒有發生。

「你要不要唸個咒語之類的？在我看來，你剛剛就是想做這種事情。」妹妹道。

我羞愧地摀著臉。

「還是算了，我們先把目前的重點放在學校吧。」黃俊傑說，「現在我們知道……那些楊充倫的人甚至也占據了葉震霆的樓層？」

「準確點說，是占據了廢墟。」謝梓靈道，「一部分的人到現在仍在參與破壞行動，葉震霆的下落和黃允行一樣不明，有人說他已經逃脫了，也有人說他已經死在火海中。」

「那些老師到現在為止，仍然在和那些瘋子戰鬥——雖然某種程度上，我覺得那些老師也是一群瘋子啦。」黃俊傑說，「總之，葉震霆的勢力在一夜之間瞬間瓦解，失去據點的殘存分子，不是投降就是躲到不知道什麼地方去了。」

「現在可以說整間學校已經由楊充倫稱霸了嗎……」我喃喃道，「可是，這個人用如此瘋狂的手段，竟然還可以取得這麼多人的信任，說明他真的挺有能力的啊。」

「根據他的說法，這些都是『必要之惡』。」謝梓靈道，「事實上，那些放火、殺戮之類的事，他都沒有直接投身到行動內，而是讓某些遠離他的成員去做……非常高明的手段啊。」

「看起來，我們學校總算快要『統一』了，接著，只要看楊充倫和老師之間的對決，大概就可以知道統治權到底屬於誰了吧。」我道，「……總覺得，大家已經不太想離開這個地方了。」

所有人都沒有出聲。

「的確，以前也只有學生會還會搜索離開這裡的方法而已。」謝梓靈道，「現在，大家都為了在這個世界生存而不斷爭奪……就只剩下我們而已。」

「哼，的確是這樣，但那又如何？」黃俊傑道，「就算是這樣，也不代表我們要就放棄！已經有這麼多進展了，現在才說要放棄？這怎麼行！」

「我同意。」我道，「阿源死前，說過要我們找到那些人，進而找到離開的方法……

我不想白白浪費他的付出——更何況，留在這裡，不就表示我們已經同意仇柏希那瘋子的做法了嗎？」

「既然這樣，那我們現在就出發吧。」妹妹道，「去救出那些人，然後找出他們在外界到底遭遇到了什麼事……或許得到的情報與如何離開這個世界無關，但至少也滿足了阿源的心願。」

在五個人都同意的情況下，我們走出了教室，並再一次朝著家政教室的方向出發。

107

也許是因為大部分人都還待在四、五樓那邊，我們從三樓上去時，變得格外輕鬆。

「這……到底是什麼回事？」

雖然在這個地方看見的奇異事情已經夠多了。但當我們第一次看到眼前的景象時，還是有點難以置信。

燒燬的教室，竟然像人一樣，擁有自我再生的功能。就像倒帶一樣，慢慢地以肉眼可見的速度還原了。

「看來楊充倫的計畫泡湯了啊。」黃俊傑道，「不，應該說是成功？先是把五樓燒光……等葉震霆那些人全部逃光之後，他們就可以順理成章地占據五樓的教室……到頭來完全沒有損失啊。」

「等等，如果是這樣的話……」我有些擔心道，「家政教室那裡的人……應該沒有事吧？」

眾人愣住了。

「應該沒有事……吧。」謝梓靈道，「家政教室是在六樓，剛好是在那個地方的正上方……所以……」

「我們先上去看看。」在說話的同時，我的步伐也開始變得急促起來，「如果我沒有記錯，六樓的那個空間，應該是在五樓與六樓之間……」

「如果那些老師……就這樣讓那些人待著的話……情況應該非常糟糕。」

六樓的老師比較少，就連看守著家政教室的人也變得很少，我們毫無阻礙地幹掉了現場的兩名老師，走進家政教室裡。

「那些老師仍然是同一個樣子、同一個眼神……說真的，我看得有點心寒。」黃俊傑道，「他們看起來就好像沒有自主意識一樣啊……」

「那麼，我們進去吧。」我指向密室的位置。「先前第一次來的時候沒機會進去，現在我們可以如願了。」

「停下來。」

突然，我們身後傳來一個聲音。

「什麼？這裡還有人嗎！」我大驚，連忙把連弩指向聲音來源——

只見一名教師，頭髮散亂得連我們都認不清模樣，拿著刀想往我們的方向走來。

但是他做不到。

他已經被人刺在牆上，鮮血不斷從他的身上流出，即便這樣，他還是想要走上前。

「等等……這是什麼回事？」黃俊傑驚道，「外頭不是還有人看守嗎？」

「……以現代人的心理狀態，或許可以這樣推測。」謝梓靈看著那人不斷掙扎，略帶恐懼道，「有人潛進來，解決掉裡面的人，因為外面的人聽不到裡頭的聲音，所以也沒有進去；或者，即使聽到了，也因為命令說『要留在這裡』，所以沒有進去裡頭查看。」

我走近那名老師，這才看清楚他的樣子。

「古老師！」我驚道，「你怎麼會在這裡！你不是應該和其他人在學校巡邏嗎？」

只見古老師緩緩地看了我一眼。

「仇主任說，要我留在這裡看守。」古老師說著，無意識地揮動他的刀，想要攻擊我，「留在這裡，並殺死所有進入這裡的學生，所以我照做了。」

「對其他的事情，還是有著正常的交流能力……但只要聽到特定的指令，就會最優先執行它。」黃俊傑喃喃道，「似乎除了複製能力之外，仇柏希的第二項能力……是催眠嗎？」

「我想應該不是催眠，效果比催眠離譜多了。」我道，「應該和這個世界的異常性有關……也許是他身為管理員的特殊能力之一？」

「那我們該怎麼辦？把他留在這裡嗎？」黃俊傑說。

「我想，只是被釘在這裡，出血量也不是很多，應該死不了的。」我道，「我們先進去看看再說吧。」

大家點點頭，心有餘悸地看了古老師一眼，就走到密室的入口前。

我把石板打開，裡頭突然傳來一陣刺鼻的臭味。

「這是……屍臭嗎？」我叫道，「裡頭的人到底怎麼了？」沒等任何人反應，我第一個跳進了密室裡。

跳進去後，我看到了密室的全貌。密室大概和家政教室的面積差不多，而在這個空間內，放著十幾具屍體，其中有的正慢慢地消失著。

「！」

謝梓靈看到其中兩具屍體的時候，連忙衝上前去。

「怎麼了？」

我正想問，謝梓靈就抱著那兩具女屍哭了起來。

108

「她們應該是最近才從大坑回來的吧。」我低聲道，「那些老師捉住了她們，把她們也帶到這裡來……」

「既然是這樣，為什麼她們會……」黃俊傑問道。

「是悶死的。」潘菁妍說，「這裡的空氣難以呼吸，我記得下方也是一間教室……那些看守的老師沒有理會他們的死活，就這樣讓這裡所有的人活活悶死了。」

「媽的……」我暗罵著。「仇柏希那傢伙……到底在幹什麼啊。」

「這樣一來，全部的線索都斷掉了。」黃俊傑道，「所有曾經出外並目擊外界狀況的人也死光了……」

「啊，我沒有死啊。」

眾人愣了愣，朝著某個角落看去。

「你們好啊。」一名男孩從密室的冰箱裡走了出來，悠閒地說著，「雖然不知道怎麼回事，但我活下來了，而且剛好是你們所說的、曾經到過外界搜索的人。」

男孩看起來十三、十四歲左右，比王亮端大一點，小我們幾歲。

「我的名字，叫做侯尚新。」那名叫侯尚新的男生伸出手，「你們在學校看到的那些連弩，都是照我之前的設計，被仇柏希那傢伙複製出來的。」

「複製？你也知道仇柏希的能力嗎？」潘菁妍道。

「對啊，因為我對武器類的東西頗有研究，所以仇柏希那時候把我帶到教師休息室裡，以衣食無憂作為交易條件，讓我在那裡為他工作。」侯尚新道，「不然，你真的以為學校會無緣無故有這麼多的刀刀劍劍？怎麼想都覺得奇怪吧？」

「的確……即使家政教室有，每個老師都有一把也太……」黃俊傑道，「那麼，連那把太刀，也是你製造出來的嗎？」

「當然了。」侯尚新沾沾自喜地道，「那也是我創造出來的。」

我走近了謝梓靈，低頭對她道歉。

「對不起。」我內疚道。

「……為什麼？你不需要道歉啊。」謝梓靈仍然哭泣著，反問我道。

「如果我們沒有只顧著搜索逃出這個世界的方法，而是先找回妳的同伴，結局可能就不一樣了。」我說道，「我覺得，這件事我也有責任。」

「不，這只是我的問題而已，我早就應該去找她們的。」謝梓靈哽咽著，「我以為她們可以照顧自己……她們可是比我還要堅強得多啊。」

謝梓靈的那兩位朋友也漸漸開始變得透明，眼看就快要消失了。

「對不起。」謝梓靈對她的兩名朋友道歉，並抱緊她們，直到那兩人徹底消失為止。

「對不起。」接著，她也對我說道，「讓你擔心了……我會繼續向前走的。」

「……如果有事的話，記得跟我們所有人說。」我只能這樣回答，「雖然我們不是妳的同學……但我們也是同個隊伍裡的人。」

「嗯。」謝梓靈以哭紅的眼睛，勉強微笑道，「我知道了。」

等我們回到黃俊傑他們的身旁時，只見侯尚新正向大家訴說著他的經歷。

「最初，我是選擇跟著到外頭搜索的。」侯尚新道，「但你們也知道，大部分的人都死了，剩下的人逃回來以後，就被那些老師捉來這裡。那時候仇柏希對我說，如果我能幫助他，提供一些武器的資訊，他就能讓我留在教師休息室那裡。」

侯尚新嘆了一口氣。

「不過啊，那傢伙也只是利用我一會兒而已。在我為他提供了那些東西的資料之後，他就把我關進這裡了。」

「仇柏希那傢伙……真是無所不用其極啊。」黃俊傑道。

「怎麼樣？你們也想利用我吧？」侯尚新走近我們，露出狡黠的眼神。「那我也可以利用你們啊——只要你們答應為我做一件事，我就帶你們到外界逛一圈——放心吧，我是專業的導遊，不會讓你們身陷險境的，絕對會安安全全地帶你們回來。」

「你想要什麼？」我問道。

「替我殺了仇柏希。」侯尚新微笑道，「當然，我會先帶你們出去，但在回來以後，我希望能看到仇柏希的屍體，也躺在學校的某一處。怎麼樣，能幫助我嗎？」

「你想報仇？」我看著這個小孩，不知道為什麼，他給人的感覺比我見過的任何一名學生還要危險，「你知道，仇柏希到底有多難對付嗎？」

「我大概知道。」侯尚新道，「不過，我還是想要他死啊！除了他這樣對待我之外，還有一些原因，不過這與你們無關。」

「你知道嗎……我想你找對人了。」我想起了阿源，也跟著笑起來。「剛好，我也很想仇柏希死掉。」

109

「好，各位團友，歡迎來到這個死人不償命，但也會盡量讓你活下來，讓你可以替我報仇的旅行團。」侯尚新興高采烈地介紹著。

此刻，我們正身處於外界——學校的外頭。

「自從那一天之後，我們從來都沒有放學過啊。」我苦笑道，「這可是我上過最久的課後輔導了。」

「你不是提過，那個黑影說我們在現實世界其實只過了一百多秒而已？」妹妹說，「不過這裡卻幾乎過了一個月……這趟旅行還真漫長啊。」

「接下來，先為你們介紹一下這個地方的歷史吧。」侯尚新道，「這個地方擁有多姿多采的名勝、美食，以及各式購物中心、地標等，不論白天如此，晚上也是！」

「你還真有當導遊的潛力啊。」我無奈道，「明明是不存在的東西，竟然還能被你吹噓得好像在我們眼前一樣。」

看來我們在異界強化的視力，在這個地方仍然毫無效果，周遭的事物依舊是白茫茫一片——就和我最初來這個地方時一樣。

「這位團友，你這樣說就不對了。」侯尚新指著我一臉惋惜地說，「這裡的東西全都在你的眼前，只看你能不能找到它們而已。」

「什麼？」黃俊傑問道。

「一開始，我們走出去的時候，也是像你們這樣想的。」侯尚新模仿著我的聲音道。「這裡就只有白霧而已，怎麼可能會找到東西呢！嘖嘖嘖嘖，一旦你抱持這樣的想法，就永遠也找不到東西！」

「我出來的時候，也曾經想找地方吃東西。」我反駁，「那時候我想的是『只要沿著這條路走，就能找到餐廳』，所以，我並沒有像你所說的那種想法！」

「那一定就是你的信心不夠。」侯尚新用彷彿邪教領袖般的語氣慫恿著我們。「你們試著想像……在我們的面前有一個運動場……那個運動場是我們平常上體育課時，外出使用的場地……因為我們學校的地方太小了，連一個標準的籃球場也沒有，只好將就一下，到外面跟街上的行人爭著用運動場了。」

我們仍然往前方繼續走，周圍的景色早已變成一片白茫茫，由於四周都沒有東西，我不自覺地跟著侯尚新的想法開始回想起籃球場。

「對，我們學校的操場還真小，連全校的人都容納不下。」我邊回憶邊道，「就像每個星期四的早會，當全校的人在操場集合的時候，不可能全部聚在同一個地方，有些人必須排到販賣部那邊，對著一面牆聽那些老師講話。」

「對、對、對！」侯尚新讚賞著，「繼續！」

「在這樣的環境下，我們只能到外頭的運動場，有時還會出現運動場被霸占，只能在一旁看著場上的人的情況。」

我停了下來，看著眼前如同我記憶中的、那個位於學校外頭的籃球場。

「歡迎。」侯尚新笑道，「來到我們的第一個景點。」

我們都愣住了，不論記憶再怎麼模糊，籃球場也絕不可能是現在走的這個方向。更何況，除了這個籃球場以外，這個地方就沒有任何東西了。

「難道，這和仇柏希創造武器和食物的原理一模一樣嗎？」我隨即猜測。

「沒錯。既然小的東西能製造出來，為什麼大的就不可以？就看你對它夠不夠熟悉而已。」侯尚新說，「不過，你們似乎也只想到一部分的地方而已……細節還不太夠啊。」

當我們走進運動場內部的時候，頓時明白了他的意思。

除了那些籃球架和籃球場和我們在現實世界中看到的差不多，其他地方仍然是空白一片，或者有一個大概的輪廓，卻沒有色彩甚至紋路，就像由一團霧氣組成的一樣。

「只要有足夠多人知道它的樣子，並相信它是存在的……那它就會存在嗎？」我問道，「難道說，我們現在身處的學校……都是因為我們一開始就『以為它存在』所以才出現的嗎？」

「這也可以解釋，為什麼最初的路都還看得見，但離學校越遠，路就越模糊了。」

「怎麼樣？你現在明白這個世界到底有多棒了吧？」侯尚新笑著說。「老實說，如果學校的騷亂平息下來，我第一時間就想回到學校的圖書館，立刻按照資料，把所有的東西都創造出來……在這個地方，我們都是如同神一樣的存在啊。」

我頓時想起了那個黑影曾經對我說過的話。

「這就是這個世界的，唯一法則嗎……」我道，「這裡的每一處空地，都有著無限的可能性……而唯一可能存在的限制，就只是我們的想像力而已。」

「也沒有你想像中這麼厲害。」侯尚新補充，「不僅要你自己全心全意相信它存在，連其他人也需要認同才行，你們知道學校有些偏僻的地方，也少了很多東西嗎？」

「我知道。」我點點頭，那台電視機就是最好的例子。

「那麼，讓我來為你們示範一下這個地方的另一項功能吧，不過，這個過程需要你們幫忙參與。」侯尚新道。「現在，請你們一起想著，並說服自己，這個運動場是不存在的。」

「什麼？難道……」我愣了愣，「我們能毀掉它？」

「聰明。」侯尚新笑了，「現在就試試看吧。」

於是，我嘗試回想運動場真正的位置。

我看見其他人都閉上了眼睛，似乎是想更集中自己的精神，我也按照他們的方法做。

「這個運動場是不存在的。」我閉上眼睛道。「無論如何，它都不會在這個地方，也不會是這個樣子。」

等我再次睜開眼睛的時候，發現周遭的東西都開始扭曲起來。原來的籃球場如同存在極高溫的狀態下，慢慢地熔化著。直到數秒過後，所有的東西就消失了。

「但是，你們不可能在大部分人都認為學校存在的情況下，讓學校消失掉。」侯尚新搖搖頭道，「根據我們在外界做的研究，需要超過九成看過這樣東西的人，強烈相信這樣東西已經消失，才會導致它的毀滅。現在我們剛剛好是十成，才會這麼容易就消失。」

「所以，如果你要想像某樣非現實世界存在的東西，就需要極為強大的想像力才能做到。」侯尚新道，「對了，如果是那種從未在現實世界出現過的東西，你還需要一個全心全意相信你所說的東西的人——不過那應該很難才是，對吧？」

「好吧，規則大致介紹完了，現在我就帶你們到一個地方去。」侯尚新說，「為了方便起見，我們先回到學校去吧，有定位點才不容易迷路。」

十五分鐘後，我們回到了學校的門口，只見侯尚新取出一個指南針，站在學校正門前測量著。

「就連那些看守門口的老師也消失了。」潘菁妍道，「我們學校到底還剩下多少人呢……」

「想這些事也沒有用啦。」侯尚新說完就「喔！」的大叫一聲，「就是這裡！我們沿著這個方向一直走吧！」

於是，我們就跟隨一直盯著指南針不放的侯尚新，往同一個方向走著，白霧再次圍繞我們視線內的每一處範圍。

「我想，大概要走十幾分鐘左右。」侯尚新道，「我們在路上設了一些路標，如果我們走的路沒有錯，大概只要走五分鐘就能看見第一個路標了。」

五分鐘過後，如同侯尚新所說，面前出現了一條欄杆，那是販賣部用來讓大家排隊買東西的欄杆。

「大家都對這個東西特別熟悉，所以我把它當成讓大家想像出來的物品了。」侯尚新道，「每走一段路程，就讓所有人一起把這東西想像出來，然後在上面刻數字，才繼續往前走。」

我走近那根欄杆查看上面的數字，只見上頭寫著「1」。

「不知道為什麼，這東西總讓我想起八樓那個鬼地方……」我道，「接下來是什麼，∞嗎？」

「八樓？」侯尚新問。

「啊，沒什麼。」我決定還是先隱瞞比較好，畢竟，我也不想這樣就把所有的底牌都掀開來。

「哦，那就算了——我們還要經過兩個欄杆，接著就會到達目的地了。」侯尚新說。

在侯尚新帶領下，我們慢慢地沿著路往前走。

不知過了多久，我們終於看到了侯尚新想讓大家看到的東西。

「歡迎來到第二站。」侯尚新笑道。

我們目瞪口呆地看著。看著這一座城市。

111

「這……這到底是什麼？」黃俊傑問道，「難道……我們已經回到現實世界了嗎？或者……現實世界都被移到這個地方來了？」

「喂喂，你要好好上課啊，黃俊傑。」侯尚新沒好氣道，「剛剛你來的一路上，不是聽我說了很多話嗎？照我剛才所說的內容，好好推理這裡到底發生了什麼事吧。」

我們聽完，頓時明白侯尚新到底想說什麼。

「你的意思是……這個地方都是你們造出來的？」我試圖壓低聲調，平復情緒，「是你們這群人……創造了這個城市？」

「沒錯！」侯尚新聽到這句話後，顯得非常高興，跳到我們面前，張開雙手大叫著。

「這個城市，全都是由我們一手創造的！」

城市周遭都是尚未存在任何事物的白霧，令這座城市有著一股極為詭異的氣氛，就像是幾百條街道被強行從現實世界拆走，拉到我們的世界裡一樣。

當我們走進城市之後，開始更清楚地看到這座城市的樣貌。

「大家似乎都很喜歡寬闊的道路，在規劃的時候，就把這個地方的路造得有多寬就多寬了。」侯尚新說，「怎麼樣？很有外國的感覺吧？」

「單純說道路的話是沒錯……」妹妹道，「不過，四周也很多只有香港才看得到的大廈啊，雖然也有很多不同城市的建築物。」

我們宛如身處在一個時空裂縫中，不同年代、不同地區，甚至連高度差距極大的建築，都並排在我們兩側，唯一的共通點，也許就是它們都排排站好。

「我們走了很遠的路，最後決定把這個地方作為新的聚居點，所以大家就開始運用想像力，建造出自己需要的東西了。」

我們走到這座「城市」的中心，位於十字路口正中央，四面都是通往城市各處的路。就在這市中心，有著一間童話故事裡才能看到的木屋，不過這木屋卻異常巨大，只要裡頭的床位足夠，甚至可以容納三十幾個人居住。

「唉，沒辦法，我們隊伍裡，中一、中二的女生比較多。」侯尚新以一種頗為可惜的語氣道，「總之，這裡就是我們的大本營了。起初還沒有建立城市的打算，大家就在這裡用想像力建了一間房屋——對了，我是不是忘記告訴你們，我們到底是如何發現能靠自己的力量創造事物這件事？」

「對啊。」我道，「到底是怎麼發現的？」

「全靠我們隊伍中那個一直在哭的男生。」侯尚新笑道，「他好像是今年才升上中學的，在我們行進的路上，一直不斷喊著要回家，直到路上真的出現了他家的輪廓為止。

我們在看到的瞬間都以為自己看到了幻覺，因為大廈僅僅出現了幾秒鐘就迅速熔化了。」

「但是在這個時候，我們都發現了，我們可以靠自己的力量，創造出想要的東西。」

侯尚新繞過了那間木屋，似乎不打算為我們介紹裡頭的構造。「好，我們到別的地方去吧。」

「不看看這間木屋嗎？」妹妹問道。

「怎麼，妳覺得它漂亮嗎？妳也可以自己建造一間，不過妳可能需要找多幾個人來確保它不會因為別人以為那是幻覺而消失。」侯尚新說完，帶我們走向城市的另一處。

我們一行人在這座杳無人煙的城市裡走著，因為身處白霧之中的異常性，周遭連一點風聲也沒有，我們的腳步聲甚至可以在城市中產生回音——這不禁使我有點寒意。

「我們現在上哪去？」我問道。

「帶你們到我的家去，那邊的風景挺不錯的。」侯尚新說，「就在那裡說說我們後來發生的事情吧。」

走在馬路正中央，大約五分鐘後，侯尚新終於帶我們走到他家。

「就是這裡了。」侯尚新指著一座唐樓對我們說道，「進去吧。」

「我覺得這座唐樓，才是我們看過這麼多座建築物裡，最有特色的建築……」我喃喃道，「這高度，甚至可以超越世界上任何一座大廈了。」

「等等，所以我們剛剛從城市入口看到的那根柱子，就是這座建築？」黃俊傑驚訝道，「這還真是……有創意啊。」

作為一個香港人，都知道唐樓最高也只有四、五層而已，但這玩意兒，應該有一百層左右吧？你能想像一座一百多層高的唐樓矗立在城市內嗎？

「我們需要走樓梯嗎？」我問道。

「怎麼可能，我早就在裡頭建造了一座電梯了。」侯尚新道，「就是可以看到外頭景色，而且速度非常快的那種。」

「一座這樣的電梯，位於一百多層高的唐樓中嗎……抱歉，我的腦海完全無法想像這樣的場景。」我無奈道，「只能說，你的幻想力實在是太強了。」

「哈哈，這當然靠了不少朋友的努力，這可是我們建造的這麼多建築中，花的時間最長的一座啊。」侯尚新說，「當中還曾經因為大家想像不出這樣的東西，而發生了幾次中途解體的情況……不過，最後它還是落成了。」

112

我們跟著侯尚新走進了電梯之內。

「就只有……第九十九樓可以按而已？」我看著電梯的面板問道，「其他地方呢？都不讓別人住了？」

「建設一座這樣巨大的建築，需要使用大量的時間。」侯尚新道，「如果要想像出每一層的樣子……我很確定在住進這座大廈之前，我就死於精神衰弱了——外頭看起來這麼高只是表象而已，事實上，就只有九十九樓，和一樓這兩層。」

我點點頭，這也符合我的猜測。

「所以，這城市大部分都只是空有外牆而沒有內部的嗎？」

「沒錯，我們都沒有這麼多人可以住進去，要建造這麼多房間幹嘛？」侯尚新說。

這個時候，電梯也抵達了我們的目的地，「到了，我們出去吧。」

典型的唐樓內部，正中心有一個單位。

「這其實是我在現實世界的家。」侯尚新苦澀地笑了笑，「怎麼了？很諷刺吧？建造了這麼多看起來很酷的東西，到最後還是覺得自己的家比較適合居住。」

「也不是的……至少，你讓你自己的家變成了一座摩天大廈。」我道，「還是有一點點差別的。」

「差別可大了。在這裡，一個人也沒有。」門沒有鎖，侯尚新就這樣讓我們走了進去。

我們進入侯尚新的家，坐在裡頭一張放在中央的沙發上。

「你們要喝什麼？我家什麼都有。」侯尚新道，「沒有的，我變出來就可以。」

「不需要，你還是快點跟我們說你們後來發生的事吧。」黃俊傑直截了當地道，「告訴我們……到底為什麼有這麼多人死掉？」

侯尚新渾身震了震，然後苦笑起來。

「直接要我說結局嗎，這樣可不好玩啊。」侯尚新道，「那我就開始吧……不過，你們五個擠在同一張沙發上，真的不需要換個舒服的位子嗎？」

「這裡也沒有別的東西可以坐。」我道。

「那就自己想像出來吧，來我家的每一個人，都是這麼做的。」侯尚新道，「我想，你們也想找個機會練習一下這種能力吧？」

* * *

直到我們五個人都坐在五張看起來「至少能坐著」的扭曲物上時，侯尚新開始說了。

「由之前的事繼續說起吧。」侯尚新道，「我們建造出那間木屋建築之後，其他人開始對眼前的現況感到不滿了，既然不需要任何的材料，也不需要太多的時間，重點是也不需要人力，為什麼不乾脆在每一個角落都蓋起不同的建築？這個時候，我們已經幾乎忘記，要派人回到學校這件事了。」

「其中一晚，我們聚集起來做好一切規劃後，就開始在其他地方建造起自己想要的東西——當一座建築落成了，就會叫其他的人來，投射『這東西是確實存在』的想法，以此加固它，避免因意外而倒塌。」

「最初的想法，只是一個人一座大廈、或一間屋子而已，但我們僅僅只花了一個多星期就完成這件事，很快又開始感到無聊起來，於是，我們就不斷向外建造更多不同種類的東西——不斷、不斷地建造著。」

「侯尚新？你終於回來了嗎……這些人是？」

突然，我們的身後，傳來一個女孩的聲音。

總覺得，這個聲音好像在哪裡聽過。我轉頭看過去。

「啊，對了，忘了跟你們介紹。」侯尚新把這個年紀比他大一、兩歲的女孩拉了過來，將這個我已經認識的人，再向大家介紹一遍。

「這個是郭珊珊……是我的女朋友。」

我愣了愣，郭珊珊，就是我們班上的那名女神，她到底是怎麼和完全不相干的侯尚新走在一起的？

「大家好。」郭珊珊說道。總覺得，她的眼神少了點「靈性」。

「我就實話實說吧……這個郭珊珊是假的，真的那個已經被仇柏希殺死了。」侯尚新的眼裡閃過一絲殺意，「我相信，大家現在應該明白我提出這個交易的原因了吧。是說，這個郭珊珊可花了我一個多月不斷調整，才做到這個地步，不過仍然很不人性化啊。」

「？」郭珊珊歪著頭，顯然不明白侯尚新到底在說什麼。
我們驚愕地看著眼前的這個「人」，做不出任何反應。
「那麼，我們繼續吧。」侯尚新道，「也是時候，說我們當中大部分的人，到底是怎麼死的了。」

113

「我們在這裡逗留的時間越長，建造的建築物也就越多。」侯尚新道，「我們一直創造著自己心中所想的每一項事物，直到看見某樣東西為止。
「我已經忘記是哪一天了，總之，開始有人自殺了。」侯尚新說，「或者說，他可能是自殺的——在那一座建築裡。」
大家都屏住了呼吸。
「待會兒你們也可以看到，就在這座城市的東南方。」侯尚新繼續道，「它一直是燃燒著的，雖然如此，火不但沒有熄滅，裡面的東西也沒有因為這樣而毀掉，始終保持著半爛的情況，更要命的是……」

「這座建築物，和我們學校一模一樣。」

「那個人自殺的消息，是從另一名目擊者的口中傳到城市的各處去的，那時候我們還沉醉在可以創造任何事物的能力之中，所以沒有特別在意這件事。因為屍體消失了，也只是為他安排了一個簡單的悼念儀式，然後就結束了。」侯尚新說。

「然而，那名目擊的人也在葬禮結束的第二天死掉了。」

「於是，為了弄清楚到底發生了什麼事，我們派了五個人前往那些平常最常停留的區域去搜索，藉此希望找到什麼東西……最後，那些人全都沒有回來。」

侯尚新如此說著，「我們認為他們也死掉了，因為那個區域的關係，不，是因為那個地方……那座永遠不停燃燒的學校。」

「我們終於受不了，開始調查到底是誰建造出這東西，又是誰參與它的加固工作。」

「然而，沒有結果。那東西就像是憑空生成一樣，在我們意識到的時候，它就已經在那裡了。」侯尚新說，「完全沒有人知道，它到底是由誰創造出來的。」

「多次詢問周圍的人，卻完全得不到任何結果之後，我們最後決定把這東西拆掉，以免去不必要的麻煩。」侯尚新說。

「然而，不論派多少人去，似乎都無法達成超過九成人數的效果。即使在沒有任何人對其進行加固的情況下，不死心的我們，組織了所有人到那裡去，打算合力將這東西從我們的家園中拔除。」

「就在我們到達那個地方，並組隊準備除去那東西的時候，有人走進去了。」侯尚新說到這裡，呼吸突然變得急促起來。

身旁的郭珊珊走近侯尚新，遞了一杯水給他。

「謝謝。」侯尚新接過水之後說，「我每次想起那個情形，都會開始顫抖。放心，我會繼續說下去的，但真的是太恐怖了。」

「沒關係，等你覺得可以的時候再說吧。」我道。

「不，現在不說的話，我以後也不會說了，倒不如現在一口氣把話說完。」侯尚新放下了杯子，繼續道，「那些人走了進去，開始嘗試自殺，例如走到某團火堆前讓自己燃燒——」

「等等。」我打斷了侯尚新的話，「學校也曾經有人讓自己的身體燃燒起來，但他並沒有因此死去，他還是活得好端端的。」

「你能耐心聽我把話說完嗎？」侯尚新有些不滿道，「當火燒著那些人的時候，某個位於上方、正在燃燒的物品就會突然碎裂，並掉下來壓死那個正起火燃燒的人——就像是等待他的到來一樣。」

我們瞪大眼睛，聽著侯尚新的話。

「沒錯，他們因為這樣都死了。」侯尚新道，「不僅如此，還有其他的死法——例如單純被東西刺死、被濃煙悶死、從天台上跳下來導致死亡——但無論是哪種行為，都是我們自動前去做的。」

「被東西刺死，就是自己衝上前讓要害被那東西刺中；被濃煙悶死，就是走到某間正在燃燒的教室裡躺下來；天台自然不用說了。大家就像是受到控制一樣，自己走到某處，迎接屬於自己的死亡……在那一天，所有前往那個地方的人都死了。」侯尚新道，「除了我，以及一小部分人以外。」

「為什麼？」我問道，「難道對你沒有影響嗎？」

「不，對我當然也有影響，當我站在那個地方的時候，會有一種強烈的欲望想到那個學校的某處去——我知道，我會走進六樓的化學教室，上頭的燈會掉下來壓死我。」侯尚新道，「這是當我受到控制的時候，腦中不斷湧現的景象。」

「然而，當我受到控制走進學校的一刻，我以僅剩的意識創造了一台圍繞自己的囚車，並把自己關在囚車裡。」侯尚新說，「我讓囚車永遠只會往遠離那座燃燒中的學校的方向行駛，不能由任何外力改變它的方向。」

「在我因為受控制而掙扎的途中，我撞到自己的頭昏迷過去，這樣我也確保自己不會因為受到控制而毀掉囚車了。」侯尚新道。「總之，在遠離那個地方一定距離之後，我總算從那種被控制的狀態中恢復，並找到其他的生還者——他們也是用類似的方法才從精神控制的狀況下逃脫。」

114

「我們剩下的人商討過後，決定連夜逃離這個地方。」侯尚新道，「所以，我們就回到學校了……接下來的事情，就如同你們所知道的。」

「被仇柏希捉住……然後全部關到家政教室去……」我喃喃道。

「沒錯，大概就是這樣。」侯尚新說，「原本，我也不想回來這個地方，不過聽到你們的話以後，我才想起這邊還有郭珊珊在啊，所以就帶你們來了。」

「好了，你們想不想到那個地方去看看？」侯尚新說，「放心，我會做好足夠的安全措施，但前提當然是你們也想去那裡，畢竟那個地方實在不是讓人樂而忘返的地方。」

我們面面相覷，不知道該如何選擇。

「……如果像你所說的，那東西是無緣無故出現的話，的確非常有調查價值。」黃俊傑說，「只是，如果那東西會影響我們的思維……那就有點危險了。」

「放心吧，我說了，我會讓你們活下來的，不然誰替我幹掉仇柏希？」侯尚新道，「危險不是一個問題，只要做好準備，應該不會有事的，怎麼樣，我們到那裡看看吧？」

最後，我還是用老方法，以投票做決定。

三對二，除了潘菁妍和妹妹投反對票之外，其他的人都投了同意票。

「那麼，我們出發吧。」侯尚新笑著，「放心吧，我會讓你們好好活下去的，只要你們願意聽我話。」

＊　＊　＊

我們跟著侯尚新的指示離開了房間，走在街上的人行道。

「對了，如果我的記憶沒錯，我們現在應該到了有人的地方。」侯尚新像是想起什麼般說道，「待會兒看到人的時候，不要嚇得尖叫就行了。」

「外頭有人？」妹妹愣了愣。

「對啊，外頭有人。」侯尚新回答，「不過，那些人和我的郭珊珊比起來差遠了。」

我們很快就明白侯尚新所說的到底是什麼意思。

無數的透明人影，正在街道上走著。

「！」妹妹嚇得後退，我連忙扶穩她。

「這些人……全都是有自主意識的？」謝梓靈問道。

我看到了其中一個人影，正來回地繞著一盞街燈。

「當然沒有，就連我創造的人也是，更別說這些玩意兒了。」侯尚新搖了搖頭，「這些人只會做同一件事而已。像是這個人，永遠只會在街燈的範圍內走來走去，即使街燈消失了，他仍然會在這個圈圈來回走著，日復一日，永無止境。」

「這些人……都是那些已經死掉的人做的嗎？」我問道。

「對啊，都是那些人做的。」侯尚新說，「不過，那些人死了以後，他們仍然存在著──當然，如果我們現在一個一個將其消滅掉，還是可以做到。」

「好了。我們就在這個距離看吧，不要太近了。」侯尚新指著前方道。

我們在街道的遠處，看到了一連串的火光。

「我知道你們都看不清楚，所以特地準備好了。」侯尚新取出幾個望遠鏡交給我們，

「用這玩意兒看吧，可以看得清晰一點。」

我們接過侯尚新手上的望遠鏡，開始注視著遠處的景色。

「果然……是我們學校。」我看著那棟正在燃燒的建築物，「一模一樣……差別只是它已經燒得破破爛爛而已。」

潘菁妍看著那間學校，一直在顫抖著。

「怎麼了？」我問潘菁妍。

「我們還是快走吧……」潘菁妍說，「這裡沒什麼好看的……快走吧……」她甚至連聲音也變了，看來是處於極度恐懼的狀態。

「哦、哦……」我點點頭，既然她不想待在這個地方，那我們也沒有讓她痛苦下去

的理由。「侯尚新，我們離開吧。」

「很好，我也想離開了。」侯尚新點點頭，收回了望遠鏡，「我也不想留在這個鬼地方，多待一秒鐘都讓我覺得心煩。」

大家都沒什麼異議，反正只是燃燒中的學校而已，和我們的學校沒有什麼差別。

「那麼，你們打算怎麼樣？」侯尚新道，「要立刻回去學校嗎？還是……」

「已經很晚了，還是在這個地方待一夜吧。」我說道。

於是，我們準備轉頭走回到原處。

——除了黃俊傑。

「黃俊傑？怎麼了？」我回頭看著黃俊傑，有點不安地問道。

這樣一叫，似乎把黃俊傑從沉默中叫醒了。

「我剛剛，好像看到了什麼……」黃俊傑道，「算了，我們回去再說。」

115

回到唐樓那邊以後。

「你們可以在這裡隨意創造一個房間。」侯尚新道，「不要離我的太近就行了——因為我怕你們在創造的過程中把東西擠掉了。」

「有什麼事情的話再跟我說吧，晚安。」

說完，他就走進房間裡了。

「造個兩間吧，這樣比較安全。」突然，他打開門說了這句話，又把頭縮回房間去。

理所當然的，我們分成了男生組與女生組。

「好，讓我建造一個前無古人後無來者、四十幾坪的總統級套房吧。」我握緊雙拳準備發力。

「算了，建造一個正常的就好。」黃俊傑無奈道，「快點建完快點睡吧。」

「你怎麼了？」一副無精打采的模樣。」我看著黃俊傑，「到底怎麼了？」

「我剛剛……唉，還是先把這玩意兒建好再說吧。」黃俊傑閉上眼睛開始想像，「為了方便，我們就把它聯想成我家的樣子吧，反正你也去過我家。」

「好、好。」我點點頭，小時候我的確是天天到黃俊傑家玩，所以對他家很熟悉。

在我們的想像下，一道大門漸漸在原來空無一物的走廊浮現。

「……看來不太順利啊。」我在打開門後喃喃道。

眼前的確是黃俊傑的家，不過大部分的家具都不見了。

「沒差，有床就行。」黃俊傑指著房間內的那張雙人床說道。

「那我睡在哪裡？」我瞪著眼睛道，「還是你想要我和你睡同一張床？」

黃俊傑無視我的話，走到床前坐了下來。

「……到底發生了什麼事？你從剛剛開始就變得很奇怪。」我說道，「你說你看到了一些東西……你到底看到了什麼？」

黃俊傑注視著我，看了很久很久。

「你想知道嗎……」黃俊傑慢慢說道，「你真的想知道嗎？我不確定告訴你，會不會對你有什麼影響。」

「現在對我就有很大影響。」我無奈地道，「如果你不把這件事說清楚的話，對我真的有很大的影響。」

「我……我不知道。」黃俊傑搖頭，「在看到那個人的時候，我就覺得不應該告訴你們，但我還是忍不住說出來了，對不起——」

「黃俊傑！」我捉住他的肩膀憤怒地叫道，「你他媽的都替我擋刀了，你覺得我會是一個忘恩負義的人嗎？因為那東西『可能』對自己有些影響，所以就不幫助你了？」

黃俊傑茫然地看著我的雙眼。

「媽的，就是不想你有什麼事，所以才不打算告訴你啊……你不覺得要我說出這種話，會讓人起雞皮疙瘩嗎？」黃俊傑別過頭去，咬咬牙道。

到最後，他終於點了點頭。「我還是說吧。」

「早就應該這樣做了！」我生氣地道，坐在床上準備聽黃俊傑說。

「……我看到了。」黃俊傑又停頓了一會兒，然後道。「我看到了一個女孩，站在學校的中央，非常悲傷地哭著。」

＊＊＊

我和黃俊傑帶著望遠鏡，往那座燃燒中的學校走去。

「好，我們到了。」我取出望遠鏡來，「這個距離和今天侯尚新帶我們看的距離一模一樣，應該沒有問題吧。」

「就在那裡！」黃俊傑才一拿起望遠鏡就大叫，「那個女孩！就在那裡！」

「在哪裡啊……我看不到。」我用望遠鏡看著，卻看不到任何東西。

「可惡，這裡看不見！」黃俊傑說完，竟扔下望遠鏡，朝那座燃燒的學校跑去。

「喂，再向前走的話，你會——」我驚道，追趕著黃俊傑，「快回來啊！」

「亦穎常，你不是忘記了嗎？不，我們都忘記了！」黃俊傑大叫，「我們都忘記了！」

「你不要在這種時候才發瘋好不好，我不懂怎麼幻想出一間精神病院啊！」我沒好氣地叫道，逐漸和黃俊傑拉近距離，「忘記指的是什麼？難道是……九點前的記憶嗎？」

九點之前的記憶。就是我們在起初一直探索的其中一個謎團，我們所有人，都失去了九點之前所發生的事的記憶。

「對！」黃俊傑大叫，「就是那個記憶！還有那個女孩！全都和我們的記憶有關！」

「我完全看不到你所說的女孩到底在哪裡！」我道，「還有！既然你都失憶了，為什麼會知道那女生和我們的記憶有關？」

「當然是直覺了！是直覺！」黃俊傑理所當然地回答道，「反正，只要見到她就知道了！」

我聽到「直覺」這個詞的時候，不禁一愣。

「不過，與其說是直覺，不如說是『潛意識裡有個聲音在告訴我』……」黃俊傑說到這裡，突然停了下來。

此刻，那間學校和我們之間仍然隔著一段距離，所以我們似乎沒有受到任何影響。

「……她消失了？」黃俊傑道。

「沒有。」

我和黃俊傑都望向了後方。

「我沒有消失。」那名和我們年紀差不多大的女孩，憂傷地看著我們。

女孩說完，伸出手摸向了我們的頭。

「我一直……都在你們的身邊啊。」

在被那女孩的手觸碰到的瞬間，我就完全失去了意識。

M1

又轉校了嗎。

我看著眼前陌生的學校，茫然地心想。

這到底是第幾遍了？

「這位是關信然同學。」陌生的老師以陌生的語氣說著我的名字，介紹給陌生的同學認識，「這個學期開始轉到我們學校來。」

「……」大家看著我，整個班級的學生都沉默著。最後，在老師的帶領下，那些學生才開始拍手。

無所謂，反正我也習慣了。

我如此想著，坐在離我最近的一張空桌。

最後，我又會交不到任何朋友，然後因為各式各樣的問題轉到別的學校去吧。我拿出去年學測的考卷，開始寫起來。

我只要在學業方面努力就行了。

我如此想著。

沒錯，只要這樣做的話……

「你在做什麼？」突然，一個女聲從我隔壁傳來，我連忙望過去，這才發現，原來我身旁的位子坐著一名女生。

「寫考卷囉。」我這樣回答，「可是……你不是才中五嗎？我的意思是……我們都才中五。」女孩疑惑道，「你會寫嗎？」

「有幾題不太懂，但大致上可以。」我說完，繼續把注意力放在考卷上，「多做幾遍，對對答案就行了。」

「厲害啊……雖然也很無聊。」女孩笑了起來，「我叫霍進鈴，你叫什麼名字？」

「……剛剛妳不是聽過了嗎？老師的介紹。」我繼續寫著試題。

「我想聽你親口說一遍。」霍進鈴鼓起臉。

怎麼了啊，這個女孩。

「妳好，我叫關信然。」於是我轉過頭去，對這個人說。

「你好，我叫霍進鈴。」她微笑著回答。

＊　＊　＊

這名叫作霍進鈴的女孩，經常找我聊天。

因為我在這間學校也沒有其他朋友，所以很自然地也跟她聊天。

如此日復一日，我們漸漸變熟了。

「你會下廚嗎？」有一天，霍進鈴這樣問我。

「會啊。」我點頭，「經常自己一個人在家，所以必須要會。」

「那你可不可以教我……」

等我意識到的時候，我已經在她的家裡了。

「咦？」我愣住了，完全沒想到會是這樣的發展。「但是我不會做巧克力啊。」

「那你負責看食譜，再跟我說該怎麼做就可以了。」霍進鈴笑著說，「這麼簡單的事你應該可以做到吧？」

「可以……」我無奈道。

在過程中，我無意中瞄到她的書櫃。

「都是些很冷門的書啊。」我道。

「咦？你知道嗎？」霍進鈴有點驚訝，「我都是挑一些沒有人願意買的書來讀，這樣可以保證那本書很悶。」

「為什麼？」我白了她一眼。

「用來睡覺啊，我經常失眠的。」霍進鈴嘻嘻一笑。

我打開了這本名為《荒蕪》的書，看著它的內容。

「仇柏希、王亮端……這本書的人物還真多啊。」我道，「讀者真的能記住這麼多人物的名字嗎？那個作者真的有在意過讀者的感受嗎？」

「我想沒有。」霍進鈴道，「不過，我倒覺得其中一個人物挺像你的，就是那個仇柏希啊。」

「仇柏希嗎……」我看著那本書，喃喃自語。

於是，我就不斷唸出食譜上的內容，霍進鈴則跟著上面的步驟去做。幾番波折之後，霍進鈴終於做好了巧克力。

「妳很喜歡吃巧克力嗎？」我問霍進鈴。

「不是啦，你忘了今天是什麼日子了嗎？」霍進鈴道，「快想想。」

我望向日曆。

「二月十四日……」我喃喃道。「是什麼日子？」

「是情人節啦！情人節！」霍進鈴氣鼓鼓地大叫，「你到底是花多少精神在讀書上才會忘記這種事的！」

「啊，對不起。」我連忙跟她道歉，「那妳打算送給誰？」

霍進鈴靦腆地看了我一眼，然後把巧克力推到我的面前。我看著這堆剛做好的巧克力，努力地思考著。

「我明白了。」我道，「妳想我替妳把它送給誰？」

霍進鈴紅著臉拿起巧克力，就往我的頭上扔來。

M2

我竟然能留在同一間學校兩年。

也許是因為家人知道我明年就要考學測的關係，這次終於沒有把我轉到別的學校了。

「妳啊，到底願不願意看書？」我瞪著霍進鈴。

「一秒鐘之後開始讀。」霍進鈴伸著腰，懶洋洋地說道。

「在妳說這句話的時候，已經過了五個一秒鐘。」我沒好氣地說，「如果妳現在不讀，哪有可能上大學……」

「……不上大學也可以吧……」霍進鈴趴在桌上。

「不行。」我堅定地說道，「一定要。」

霍進鈴抬起頭來，睡眼惺忪地注視著我。我也看著她。

「……如果我想做的事，和大學完全沒有關係呢？」霍進鈴的眼神突然一亮，她這樣問我。

「什麼？」我愣了愣。

霍進鈴一臉認真地看著我，大約過了十秒鐘左右。

「……脫下來吧。」霍進鈴嚴肅道，「脫下來，現在。」

「……妳到底在說什麼，這裡可是學校啊。」

「我叫你脫下來就脫下來！」霍進鈴任性地叫道，幸好大部分的人都放學離開了。

「為什麼大家總是要戴著假面具做人啊！就這樣做回自己不是很好嗎！」

我聽到她的話以後，呆滯了好一會兒。但總算明白她的意思了。

「妳的意思是……妳的夢想是希望讓大家都能以真實的一面生活？」我問道，「或者說……讓大家真正的微笑、真正的哭泣？」

「對。」霍進鈴說道，有些畏懼地問我，「……能做到嗎？」

「不可能。」我搖搖頭，「這個世界從誕生開始，就不容許大家用這樣的心態生活。」

「是這樣嗎……」霍進鈴低下頭，顯得非常失落。「從小時候開始，我就看到大家都用兩張不同的臉，去對應不同的生活、或是不同的人。」霍進鈴低頭道。

「奉承或是諷刺、善意或是惡意、保護或是傷害……這些面具，都不是自願掛上去的，而是被迫在某種特定的環境下使用的。

「我總覺得這樣很恐怖……不就代表大家都不是自己了嗎？」

「大家都不是自己……」我重複了一遍霍進鈴這句話。

「對啊。」霍進鈴說道，「在看到你之前，我都覺得是我不適應這個環境，但是，你的出現給我帶來了不少希望，因為你從來只用一張臉去面對所有的事物，自始至終沒有改變過。」

我沉默著，不知道該不該接受霍進鈴的稱讚。

「可是……我誤會了，原來你也一樣，只是你從來沒有把面具脫下來而已。」霍進鈴道，「即使……在我身邊，你也是這樣。」

聽到霍進鈴的話以後，我沒有再說話，或者，不敢說話。

「對不起。」我決定對她道歉，「我有一個哥哥……不論哪一方面都贏過我。每當他贏過我的時候，就會不斷地嘲笑我，踐踏我的自尊。而我不停地轉學，也是因為他一直跟父母打小報告的關係。」

霍進鈴也愣住了，她從來沒有聽我提起家裡的事。

「他經常對我說，我是一個沒有用的人，所以，我想做點什麼來證明這是錯的。」我道，「所以，我才這麼努力讀書啊。」

「平常對人這麼冷漠，也是因為這樣嗎……」霍進鈴喃喃說著，「就不能做點改變？」

「不能。」我道，「至少現在不能。」

霍進鈴看著我，仍然沉默著。

過了很久，她說出了這句話。

「那好吧。」

＊＊＊

沒想到，霍進鈴最後的成績竟然比我還好。

我們就這樣毫無懸念的，進了大學，開始各自的工作。

但慢慢的，我們也漸漸疏於聯絡了。

幾年後，當我二十多歲的時候，不知道為什麼，我突然決定換一份工作。

我看著眼前的學校，到底是什麼原因，才會讓我回到這家讀了兩年的學校當老師，到底是因為朋友的推薦，或是自己的興趣使然，到現在還是不太清楚。

「我向你介紹一下校長。」一年資較長的老師打開了門，對我介紹校長。

我瞪著眼，完全無法相信自己眼前所見。

「你好。」霍進鈴笑著道，「歡迎來到這所學校。」

M3

在那名老師離開以後，就只剩下我和霍進鈴兩人而已。

我驚訝地看著霍進鈴，霍進鈴則側了側頭望向我。

「……妳明明已經二十幾歲了，看起來還是一副小孩子的模樣啊。」我道。

「嘻嘻。」她笑著說。

「到底……是怎麼做到的？」我問道，「妳到底……是怎麼當上校長的？」

「當然是用了很多方法，通常很難會讓一個這麼年輕的人擔任吧。」霍進鈴道。

「不是通常，是絕對。」我沒好氣地道，「能讓我知道妳的目的嗎？霍校長？」

「呃……我想等到最後才說出我的目的。」

霍進鈴一副「這樣做很好玩」的樣子，「不過……其實我也不知道這樣做行不行，也許只是某種迷信的行為吧。」

「什麼？」我不明白。

「是魔法。」霍進鈴微笑，「據說，是讓世界變得真實起來的魔法。」

＊＊＊

似乎，只有我一個人知道校長的目的而已。

「在其他人的眼中，妳看起來像是個傻子。」我老實對霍進鈴道，「他們也會想，到底是什麼人決定讓這個人來這邊的……妳這個樣子，比較像正在讀書，而不是教書的人。不，不是教書的人，是管理教書的人的人。」

「其實，我也只是照著那本書做而已。」霍進鈴撇了撇嘴，「我需要一個比較封閉的空間、只有一個進出口，那裡的人最好是各種年齡階層都有……除了沒有小孩以外，學校的確是最適合的選擇啊。雖然這裡的某些地方還不太符合要求，不過往後的日子再裝潢一下就行了。」

「所以，妳就來當校長了？」我覺得有些頭暈，「就為了這本從路邊舊書店買來、騙小孩子用的玩意兒？」

我指的是一本只有十多頁，類似說明書的東西。

「……妳到底是從哪裡買來這東西的？」我問道。

「不知道，它突然就出現在我的房間裡了。」霍進鈴道，「所以我覺得這應該是命運才對……就是那種，被上天選中的人吧！」

她說到這裡，竟然得意地笑了起來，讓我有種想一頭撞牆的衝動。

如果讓這間學校的人知道，當年成績優異、甚至被報紙採訪的超級狀元，竟然會因為這種東西而選擇自己的職業，大家肯定會和我有相同的感受。

「……算了，那玩意兒失敗之後，妳不要太傷心才好。」我嘆了口氣，「好好當個校長，收入應該不錯的。」

「哦。」她這樣回應著。

＊　＊　＊

我睜大眼看著，完全不知道該怎麼反應。

學校竟然燃燒起來了。

因為建造在狹窄的地形中，火勢迅速地蔓延開來了。

「逃生用的出口呢？大門為什麼不用？」我問那些老師，「到底怎麼搞的，再這樣下去，全部的人都會……」

「不知道啊！」古老師驚慌地說道，「大門就是被鎖起來了！而且也打不開！」

「沒有另一個通道了嗎？」我著急問道。

「沒有了！我們學校從來就只有這個通道！」古老師失聲道，「從蓋好開始，一直都是這樣的！」

我絕望地看著眼前有如地獄般的景況。

到底……是怎麼發生的？

＊　＊　＊

我突然從一個房間醒來。

「這裡……是哪裡？」

我茫然問道，這才發現，有一個人一直在角落哭泣著。

「霍進鈴？妳怎麼會在這裡——等等，我們應該還在學校裡的，但是……」我看著這個充滿濃霧、完全看不清眼前的環境，「這到底是哪裡？」

「是八樓。」霍進鈴抽泣著，「學校本來還打算建造八樓的，不過建成之後卻因為某些原因，空置在這裡了……八樓一直都是封閉著的，不讓任何人進入。」

「這樣嗎……等等，這種事就先不要管了！」我連忙扶起霍進鈴，「這裡很危險！妳快跑吧！」

「……那東西是有用的。」霍進鈴突然說道。

「什麼？」我問道。

「那東西，是有用的。」霍進鈴哭泣著，「我終於想起來了，那根本是我自己寫出來的……但是，它還是生效了。」

我衝到學校的六樓四處觀望著。

「熱力消失了……但煙霧仍然持續著。」我喃喃道，「為什麼？」

「已經太遲了，如果我們看到這個景象的話。」霍進鈴悲傷地道。「趁我還沒離開前，我想告訴你到底發生了什麼事。」

霍進鈴舉起右手，她的整個右臂都被不知道什麼東西染黑了。

＊　＊　＊

我們都已經死了。

我從霍進鈴口中，聽到這個殘酷的事實。

「那場火，是我放的。」霍進鈴道，「那時候，我就像著了魔一樣。」

「然後呢？」雖然如此，但我完全沒有想要責怪霍進鈴的意思，「那這個地方是怎麼回事？」

「因為……大家都不知道自己已經死了啊。」霍進鈴說著，「這是我與生俱來的、把某些訊息放進別人潛意識裡的能力。」

我想起，霍進鈴為何無緣無故地當上校長。

「那也是因為，妳的特殊能力嗎……」我問道。

「今天，是早會，對吧？」霍進鈴道，「我告訴大家，不管發生什麼事……都不要感到驚訝……要好好的繼續活下去。」

M4

我愣了愣，為什麼我從來沒有聽過這句話？

「你不記得這句話，就證明我成功了。」霍進鈴道，「然後，我就開始像設定好的一樣放起火，結果，直到火勢完全覆蓋學校之前，大家都不知道發生了什麼事，也沒有因此做出對應的措施。」

「……是這樣啊。」我淡淡地道。

也許是我真的受到了這個能力的影響，也許是我單純覺得這已經不是一件值得驚訝的事情了，所以我才如此平淡地回應著。

「那麼，妳是從什麼時候開始，發現自己擁有這種能力的？」

「我不知道……但我想我知道，這能力第一個生效的對象。」霍進鈴說。「那一天，我站在鏡子前，認真地對自己說。」霍進鈴低聲道，「無論用什麼手段，我都一定要改變這個世界，由一小部分的人開始，直到能讓所有人都能真正地笑起來為止。」

* * *

不知道為什麼，我的右臂也變得漆黑起來了，我曉得這是因為我知道了這個世界的真相的關係——這或許也是潛意識的一部分吧。

很快的，我也會和霍進鈴一樣，因為知道所有的事，而真正地、慢慢離開這個世界。

也就是，真正地死掉。

回到了八樓，霍進鈴仍然哭泣著。

我不知道該怎麼安慰她，我想，她現在心裡應該非常後悔吧。

擁有這種異於常人的能力，本來應該能以更好的方式運用，由此實現不同的目的。

然而，正因為這項能力的第一個使用對象是她自己的緣故，也使她就此陷入了萬劫不復的深淵。

我看著霍進鈴哀傷的模樣，生起一股撕心裂肺的感覺。

「霍進鈴。」我捉著她的肩膀道。

「？」霍進鈴仍然哭泣著，但還是望向我。

「妳沒有錯，而且，妳做對了。」

這時候，我回想起了自己打算回來這裡教書的理由。這可是我一生中，活得最幸福的地方啊。

「……可、可是！」霍進鈴流著淚，「大家……都死掉了啊。」

「沒有死掉。」

「……咦？」

「沒有人死掉了，事實上，大家都獲得新生了。」我堅定地對霍進鈴說道，「沒錯，只要大家從驚慌中回復過來……一定會覺得，這個世界比以前的那個更好。」

我這番話同時也是對自己說。

「……所以，妳就不要再哭了。」

在說這句話的同時，我發現自己正在流淚。

霍進鈴愣愣地看著我。

「妳所說的世界……」即使如此，我還是繼續說下去。「一定能夠守護的，就由我來這樣做吧！」我大聲道，「所以，請妳不要自責了……請妳不要再傷心了！」

說著這話的同時，自己也在哭著。

真沒說服力啊，我這說法。我在內心自嘲著。

霍進鈴看著我，看了很久很久。

突然，她莞爾一笑。

「我還是第一次看你哭。」霍進鈴笑著，「沒想到你脫下面具的樣子，竟然是這麼孩子氣。」

說完，她又再次流起淚來。

「這樣的表情，我還想再看多一會兒……只是，我已經做不到了。」霍進鈴看著我，

「即使如此，你一定要繼續活下去啊。」

霍進鈴頓了頓，然後對著我，說出了一句話。

「忘記你剛剛所聽到的事，以及，忘記我吧。」

＊　＊　＊

「仇老師？這到底是怎麼了？」

我睜開眼睛，此刻，我正身處於教師休息室中。

怎麼了，我到底是怎麼樣……來到這個地方的？

我拚命地回想著，關於自己的記憶。

對了。

把自己的資料從腦海中重新拿出來之後，我這樣對自己說。

我是這家中學的主任。

「我叫……什麼名字？」我轉頭問那老師。在我的記憶中，他好像是叫古老師。

「你在開什麼玩笑，當然是仇柏希老師啦，校長介紹你給我們認識的時候，都是這樣說的。」古老師笑著道。

仇柏希嗎。

……總覺得這名字，非常的熟悉。

我拍了拍自己的頭。

廢話，這就是我的名字，我當然熟悉。

而且在這個時候，我也好像想起什麼來了。

我似乎從某個人身上，繼承了一種奇怪的力量。

「古老師。」我對那老師說道，「叫所有的老師來這裡見我，謝謝。」

「啊？哦。」古老師神情迷茫地點了點頭，然後往教師休息室外走去。

我們學校，正處於一個非常糟糕的環境之中。

這些白霧的來歷，我並不清楚，但是，得先讓大家冷靜下來。

我伸出自己完好無缺的右臂，看著所有的老師一個一個走進了教師休息室，疑惑地看著我。

「從今天開始，各位就要聽我的指示去做。」我說道。或許是因為繼承能力時出現了一些問題的關係，我似乎無法控制太多的人，就只能從老師身上開始了，「因為，只有這樣做，大家才能活下去。」

老師們都紛紛點著頭。

「明白了，仇主任。」

「那麼，我們先把學生集合起來吧。」

雖然已經不記得，是誰把這能力傳給我的了。我邊走出教師休息室邊想。
但是，那一定是非常重要的人。
站在講台上，站在一群學生的面前，我仍然想著。
因為，在我的心裡，就只剩下「守護她的願望」這件事情而已。

116

我和黃俊傑都從那場幻覺中脫離出來。
「……」我們互相看著對方，那名女孩已經不見了。
我伸出了自己的右手，已經開始變得暗淡了。
「媽的……」我咬牙道，「這就是知道真相的代價嗎……」
「對不起，我真的不應該讓你跟我過來的。」黃俊傑道，「如果你沒跟過來的話……」
「不，這完全不是你的錯。」我搖搖頭，否定了黃俊傑的說法，「如果我沒決定跟過來，你也強迫不了我，所以這和你一點關係也沒有。」
「……可是……」黃俊傑低頭說。

「別他媽的可是了，我說不是你的錯就不是你的錯！」我怒道，「先把現在知道的情報整理一下！就像我們以前做的那樣！」

黃俊傑低下頭，然後開始說話。

「如果沒有意外的話，這間燃燒中的學校，乃至於原本完好無缺的那間學校、甚至這個世界，都是我們所有人的潛意識創造出來的，而現在燃燒中的學校就是現實世界學校的狀態——或者是，我們死前所看到的學校。」黃俊傑道，「那個女孩，應該就是校長學生時期的模樣吧……」

「奇怪的是，我們從她身上得到的，竟然是仇柏希的記憶！不，關信然的記憶。」我道，「難道校長在取走仇柏希記憶的時候，也把他的記憶一併放到自己的身上嗎？」

「……我不知道，我想，那個女孩應該只是仇柏希自己潛意識裡生成的幻象。」黃俊傑道，「但這不重要……你應該和我看到相同的景象才對，這間學校……」

「你想說我們都死了？不，不是這樣的！」我道，「你想想王亮端吧，他也成功回到現實世界了！」

「可是，記憶裡頭的仇柏希不是說——等等，」黃俊傑聽完也驚呼起來。「一百四十秒！」黃俊傑道，「那東西說過，如果我們在一百四十秒內回不去的話，就永遠也回不去了……但那也代表，我們都還有活下來的機會！」

「可能它指的就是我們正在昏迷，還有一百四十秒就會真正死去了！」我叫道，「所以，除了我們兩人以外，其他人還有方法回去的！」

「其他人是指……潘菁妍她們？」黃俊傑問道。

「對，就是她們！」我看著黃俊傑，「你能幫助我嗎？雖然我們已經有很大機會無法回到現實世界了，甚至可能在回到學校的路上就消失，但是，我不想看著她們落得和我一樣下場。」

「我妹妹……那個笨蛋，是因為送手冊給我才到這裡來的。潘菁妍她，明明可以穿過樹洞，卻執意要留下來……至於謝梓靈，如果不是因為跟著我們的話，她的朋友們也不會……」我不斷列舉著，「我不想因為自己的問題，而讓她們也……」

「但是，她們留在這裡……或許不是一件壞事啊。」黃俊傑說，「正如侯尚新說的……這裡的東西都能自由地創造出來，只要她們一直不知道這裡的事……」

「那是不可能的。」我道。

「呃？為什麼？」黃俊傑說。

「我們不是忘記了，而是把記憶放在潛意識裡，你剛剛也說了，這世界是由我們每一個人的潛意識所創造出來的。」我道，「也就是說，總有一天，她們會想起這個世界的真相，然後死去。」

「更何況，我真的不放心把她們留在這裡，也不知道楊充倫那些瘋子現在到底怎麼樣了，不論是仇柏希或楊充倫哪一邊贏，對我們都沒有好處……」

「……我明白了。」黃俊傑聽完，點了點頭。

「所以，我可以拜託你嗎？」我道，「再幫我這個忙……讓她們都能回去，這樣就好。」

117

「那麼，我們回去吧。」

第二天早上，我們和潘菁妍以及侯尚新一塊朝著學校的方向回去。

「你不需要把郭珊珊也帶過去嗎？」我問道。

「當然不行，她還沒有自保的能力。」侯尚新道，「帶她回去是危險的，讓她待在那裡反而更好。」

「對了，我昨天晚上去你們那裡的時候，你都沒有應門。」妹妹瞪著我道，「到底發生什麼事了？」

「哈哈，哈哈。」我乾笑著，額頭上的汗珠掉了下來。

「我們昨晚建完房間之後太累，就直接睡著了，可能因為這樣，沒有聽到妳敲門的聲音吧。」一旁的黃俊傑幫忙解釋。

「你真沒用。」妹妹看著我冷冷地道，「虧我昨晚還……」

「亦穎晴昨晚還特地織了條圍巾給你呢，說以前學不會怎麼做，所以現在補償你。」

謝梓靈把妹妹拉過來，笑著道，「竟然記掛著一年以前的事，妳還真是個好妹妹呢。」

「那是因為這傢伙說不會織圍巾的女孩不是好女孩！」妹妹紅著臉大叫道，「我怎麼能被這種笨蛋嘲笑！」

「……謝謝妳。」我看著妹妹好一會兒，然後微笑道。

「呃？不、不用啦。」妹妹別過頭去，似乎沒想到我會以這種方式回答。

「感情真好啊。」黃俊傑道。

誰也沒有注意到，我臉上閃過了一絲陰霾。

＊ ＊ ＊

我和黃俊傑的計畫，和我們原本要做的事情，是大致相同的。

「在達成你所要求的、殺死仇柏希以前，我希望我們能先從他身上問出一些情報。」我對侯尚新道，「我先跟你說明這一點。」

不同的是，我要想辦法逼迫仇柏希讓其他三個人失憶，最後由我們把這三個人帶到樹洞那裡，達到把她們送回現實世界的目的。

「可以啊，只要最後的結果是他死掉就行了。」侯尚新笑著說，「只要最後他死了，一切都行。」

「……希望能從他身上問出什麼來。」謝梓靈道，「到了外面，雖然知道創造東西的具體方法，但對於其他謎團還是一頭霧水啊，如果能夠知道關於離開這裡的線索……總覺得那個地方有著什麼。」

「妳是說，那間正在燃燒的學校嗎？」妹妹道，「我也覺得，看到它的時候，好像看到了什麼已經忘記的回憶一樣……」

走在隊伍中間的潘菁妍沉默著，走在後方的我和黃俊傑更是變得死寂。

「嗯？怎麼了？」妹妹機靈地轉過頭來問我，「從剛剛開始，你們就一直這樣子不說話。」

「沒什麼。」我隨即回答，「只是在想東西而已。」

妹妹哼了一聲，便回頭繼續往學校走。

在這個時候，我覺得自己周遭的視線，突然變得稍微陰暗了一點點。

被這突如其來的狀況嚇了一跳，我望向黃俊傑，他也往我的方向望過來，顯然發生了相同的狀況。

我伸出自己的右手。那右手變得更為漆黑。

我絕望地望向天空。

求求你，至少讓我看到妹妹她們平安無事地逃出去吧。

＊＊＊

學校仍然是那樣平靜。

因為大部分的人都死光了，所以我們毫無阻礙地一路走上了三樓。

「我們從這個位置看，就能看到那些人的位置了吧。首先要看看，四、五樓那裡的火到底燒完了沒有。」我取出望遠鏡看著。

「這裡霧這麼大，有望遠鏡也沒用啊。」侯尚新苦笑道。

「哈哈，我的視力特別好，可以看穿那些白霧。」我笑道。

都忘了，只有我們這些去過三個異界的人，才能看清周圍東西的這件事。

「我看看……五樓那裡好像有很多人聚集著，不過不是老師。」

「不是老師……那麼是誰？楊充倫他們嗎？」妹妹問。

「不，不是楊充倫他們……我也不太清楚他們是誰……等等。」我道，「那不是鄧聰嗎？為什麼他會在那裡？」

「那還等什麼。」黃俊傑道，「快上去看看吧。」

* * *

當我們上到五樓的時候，才發現周圍有不少我們見過的、但屬於不同勢力的臉孔。

「葉震霆和黃允行的人……竟然走在一起了！」我驚道，「太陽要從西邊升起了！」

「已經沒有葉震霆和黃允行了。」鄧聰看到我們，苦笑道，「他們兩人都在楊充倫的突襲之中先後死掉了。黃允行是被連弩爆頭而死的，葉震霆則是在身體燃燒的時候，被其他人活活砍死的。」

我們都愣住了，想起那兩人在我們心中的形象。

黃允行雖然看起來很像光說不練的人，實際上卻是實力派的，真正能為學生會做事的會長；而葉震霆更不用說了，我想這間學校除了仇柏希以外，應該沒有人能打得過他。

「……他們兩個人，都被楊充倫用不同的方法殺死了。」我喃喃道，「竟然，就這樣死了……」

「生命向來都是脆弱的。」鄧聰道。在他說這句話的同時，我和黃俊傑都不約而同地頓了頓。「但我們不想就這樣放棄……絕不可以讓楊充倫和他的爪牙們在這次戰鬥中挺到最後，不然我們都不會有好日子過的。」

「所以，這就是你們聚在一起的目的嗎？」我道，「為各自的領袖報仇……不，沒有這麼偉大，大家都只是為了活下去而已。」

118

「那告訴我們現在的狀況吧。」我道，「也許我們可以幫助你們。」

「本來我們打算開始行動了……算了，你們應該能幫上忙的。」鄧聰點點頭，「我就用最簡單的話來說吧，整間學校裡，剩下的學生基本上都是由楊充倫帶領，而他現在正帶著一支部隊，前往六樓與仇柏希直接對戰。」

「雖然，這似乎不太像他的風格，以往他都是只派別人出去，自己坐享其成的。」鄧聰道，「這真是……太焦急了啊。」

「對，太焦急了。」黃俊傑道，「以他現在的人數和占地上的優勢，他大可以拖緩節奏慢慢消耗仇柏希的實力，但照現在的情形來看……他就像是急著在限定的時間內把所有東西搞定一樣。」

我愣了愣，似乎明白了黃俊傑話中的意思。

「不管怎麼樣，這也是我們唯一的機會。」鄧聰道，「雖然武器比較精良，但由於老師的數目遠比那些人少，所以現在應該陷入了劣勢……事實上，從楊充倫的人圍攻六樓開始，已經過了三個小時，到現在我們還不知道任何消息。」

「我們的目的就是在他們意料之外展開奇襲，從兩方勢力之間突入，殺死楊充倫。」鄧聰道，「畢竟他算是現在學生的精神領袖之一，只要他一死，其餘的人就會內亂了。」

「這些就是我們剩下的人了，大約二十多人左右，其他的人不是死了，就是加入了楊充倫。」

鄧聰指著跟隨在他身後的學生道，當中有葉震霆的人，也有黃允行的人。

「不過，我們不僅在情報上輸人，就連武器也比兩方的勢力差啊……唯一的優勢，就只有我們操縱著先機這件事而已。」

我們各自看了其他人一眼，然後望向鄧聰。

「武器嗎……」侯尚新笑了笑，「武器不是問題啊。」

「什麼？」鄧聰愣了愣。

「情報也不是問題。」我笑道。

「如果是這樣的話，那還真是如有神助啊。」鄧聰大喜，我相信他現在心裡，一定非常慶幸自己能遇見我們，「但是……你們可以怎麼樣做到這件事？」

「這個嗎……」我決定先提出條件，「如果你能額外再多幹掉一個目標……那我們就可以幫助你們。」

＊＊＊

二十分鐘後。

包括我們在內，二十八個人都在五樓的樓梯口上集合。

每個人都配備著連弩以及砍刀，看著鄧聰，等他下令。

我們身為另外加入的人，自然不用聽從他的指揮，只在一旁看著。

「你們見到上面六樓的狀況了嗎？」鄧聰問道。

「當然了。」我說道。以我在三個異界加強的視力，要從這個地方看到六樓的情形並不難。

「現在的情況是，楊充倫的大批人馬，把仇柏希他們包圍進了教室裡。」我道，「我不知道仇柏希他現在怎麼樣……但從那些人不敢進去，卻重重包圍的情形來看，仇柏希有很大機會就是躲在那個地方。」

「除了那個地方以外，其他地方也有不少人在戰鬥著。」我道，「不過規模比較小，所以我有充足的理由相信，我們的目標就在那裡。」

「但我看不到楊充倫。」我道，「我巡遍了整個走廊，都看不到楊充倫……你真的確定他在那裡？」

「當然。」鄧聰說，「我已經把一部分的人配置在其他樓梯口當眼線了，只要楊充倫一離開，我們肯定會知道這件事。」

「這樣啊。」我點點頭，「那麼，就照著我們之間的協議去做吧！我們會為殺死楊充倫這件事上提供適當的協助，但是你們也要幫助我們捉住仇柏希。」

「要幹掉剩下兩個勢力的首領……還是以最弱勢力的身分。」鄧聰苦笑道，「真是瘋狂的計畫，這樣一來，我們豈不是和全校的生還者為敵嗎？」

「只要那兩個人一死，所謂的敵人也會加入你們，成為朋友。」我勸說著，「覺得怎麼樣？這可是一石二鳥的計畫，雖然激進了一點，但只要成功，就可以一勞永逸了。」

119

「……我也同意，即使幹掉了楊充倫，剩下的學生還是重新回到仇柏希的控制中，這肯定也是他的想法。」鄧聰說。

「所以，我們開始吧。」我道，「用我們剛剛擬定的計畫，我們衝上去提醒一下這些人，這間學校還有其他人存在吧。」

「好。」鄧聰開始指揮其他的人，「我們出發！」

「是！」其餘的人回答完，就拿起連弩往六樓的方向衝去。

「那我們就等待好消息吧。」我對其他人說道，「……是說，侯尚新，你竟然能在為他們創造武器的同時，又為我們製造了這樣的武器，還真是厲害啊。」

「多謝、多謝，我虛心接受你的稱讚。」侯尚新笑道，「那些東西就交給你們使用了……要把它燃燒殆盡啊！」

「上戰場以前，說這種不吉利的話，真的沒有問題嗎？」我無奈道。

我們每個人，都靠著侯尚新的想像力，換上了新的武器，每一把武器都是特製的，性能看起來比鄧聰他們的還強上不少。

黃俊傑拿的是一把太刀，雖然長度比阿源的短很多，但厚度及鋒利度都遠勝於他的。

潘菁妍拿著的是兩把類似連弩的東西，不過體積更小且更易於攜帶，應該可以同時間拿著兩把連弩射擊，連弩前端都有著類似刀刃的鐵片，危急時還能拿來防禦。

謝梓靈的則是一把可伸展的刀，平常看起來只是一把短刀，但只要按下機關，刀尖就會露出一個缺口，伸出一個更長的刀刃來。就在剛剛侯尚新為我們示範的時候，我見識到了它的威力，原理就和打樁機差不多。

妹妹則除了一把連弩以外，還拿到一個……非常毛茸茸的熊娃娃。

妹妹生氣地把它扔在地上。

「給我正常點的武器！」妹妹不滿地大叫道，「至少是看起來像武器的！」

「妳在說什麼啊……不像武器的武器，才是最強的武器。」侯尚新道，「更何況，這可是炸彈，妳剛剛這樣扔，我差點連心臟都嚇得跳出來了。」

「這是炸彈？」我驚道，「侯尚新……你到底是從哪裡找到炸彈的資料？」

「我小時候就很喜歡研究。」侯尚新說道，「不過……你的才是最厲害的，亦穎常。」

「我的？」我看著自己那把巨型的長槍，外形看起來就像中世紀騎士用的那種圓錐型的鐵槍，不過體積小得多，也更容易揮動。同時，我也是眾人當中唯一有巨盾的，巨盾的大小甚至能擋住整個上半身。

還好這東西的重量不重，雖然不至於能跑能動，但提著走還可以。

「我好像從攝影棚走出來的人。」我無奈道，「這東西看起來……真引人注意啊。」

我只差一套鎖子甲，就能轉職成騎士了。」

「哼，這可是我花最多心血的作品。」侯尚新自信滿滿地道，「為了保持神祕，在關鍵時刻我才告訴你怎麼用。」

「關鍵時刻我都要死了啊！」我沒好氣地說，「你能不能提早說？」

「這樣就不好玩了，那些漫畫的角色不是也在關鍵時刻才學會新的招式嗎？是一樣的道理啊。」

「完全不一樣好不好，我握著的東西不是我的一部分，只是道具而已。」我道，「快告訴我怎麼用？」

「唉，好吧。」侯尚新指著長槍手柄的一個拉口，「在需要用到的時候，嘗試拉一拉這個像是手槍扳機的東西吧，會有意外收獲的。」

「你這傢伙，從一開始就不打算告訴我這東西的用法吧？」我道，「什麼叫意外收獲？我會收到錢還是什麼？」

「你這個人一點幽默感也沒有。」侯尚新搖搖頭道，「不是說計畫要開始了嗎？兵貴神速，我們先開始再說。」

「……好吧。」我也只能這樣回答，因為侯尚新看起來完全不想告訴我這東西是怎麼使用，現在我強行追問也沒什麼用，只能在實戰中試試看了。

「那麼，我們開始吧——」我帶著大家往另一條通道走去，開始我們的計畫。

「如果沒意外的話，這是我們最後的戰鬥了。」

120

「這些人……到底是從什麼地方來的！」

在楊充倫其中一名手下的呼叫聲中，前方隨即傳來一連串人倒下的聲音。

學生們與老師見到一群二十多名的學生，拿著比他們更加精良的武器，正衝上前無差別地攻擊場內的所有人。

「我們是來把你們兩群人全部收拾掉的。」鄧聰微笑道。

＊＊＊

「準備好了沒有？」我問。

「早就好了。」其他人回答。

「那我們出發吧！」我說完，往上方走去。

我們的計畫是讓鄧聰他們先行攻擊那些人，分散場內大部分人的注意力，然後趁機會帶著其餘的人衝進仇柏希他們所在的位置。

「既然妳這麼不喜歡妳的武器，待會兒就把熊先扔出去吧。」侯尚新對妹妹道。

「正合我意！」妹妹說完，在走廊前啟動炸彈，把娃娃扔了出去。

「這是什麼？小學生嗎？為什麼會在我們學校——嗚啊！」

瞬間，爆風傳來，我們不得不後退躲避，不少人因此被炸飛。

「我不是小學生！」妹妹怒道，「我已經讀中一了！」

「好吧，我們趁機衝進那裡去吧！」我提著長槍，與黃俊傑、謝梓靈兩人上前驅趕人群，潘菁妍與妹妹則在背後作威嚇射擊。

「這……這個人到底是從哪裡得到這樣的東西？」

「別慌，肯定只是道具而已，打穿它！」

於是，我成了被集中火力攻擊的對象！

「這東西是真的好不好！」雖然大盾的堅固度還是有一點保證，但聽著前方不斷傳來的箭矢聲及刀砍聲，我不禁有點慌張，「你們不要砍啊！武器破了我可不賠的！」

「算了，我們已經衝到門口了。」侯尚新說，「是時候進去跟裡頭的人做個了斷。」

「那當然。」

此刻，我們已經順利走到教室門口，只差沒有把門打開而已。

我們打開門走了進去。

沒想到，我們竟然在裡頭遇到兩群不同的人。

「哈，哈哈哈哈！」侯尚新對著那兩群人大笑起來，「真好啊，全都聚在一起了！」

楊充倫和仇柏希他們同時往我們的方向望過來。

「……是你們？」梁俊聲問道，「你們……為什麼會在這裡？」

「理由很簡單啊。」侯尚新理所當然地回答，「當然是要把你們全部殺光囉？」

「哼，只是另一群狂妄自大的人而已。」其中一名老師道。「很快就能收拾掉了。」

不知為何，仇柏希和楊充倫似乎都注意到我和黃俊傑已經變得焦黑的右手。
「哦？」楊充倫笑了笑。
「！」仇柏希愣了愣。
「不過，我們還是得先遵守契約的。」侯尚新先望向楊充倫他們，獰笑道，「不如就先由你們開始？」
「我無所謂。」楊充倫笑道。
語畢，三方隨即互相往另外兩方衝過去。

＊　＊　＊

「這個教室還真小啊！」楊充倫大叫道，「讓我稍微減少一點學生的人數吧！」說完，隨即舉刀斬中身旁一名老師。
「……這些人還真難纏。」我喃喃道，「的確，就如楊充倫所說，這個地方太小了，我們現在攻擊的話，肯定會令我們自已人受傷的。」
「對啊！」楊充倫道，「所以，我早有準備了！」
「早有準備？」仇柏希想到這裡，突然睜大了眼睛，「難道說，你用盡所有人力把我逼到這個教室的原因是？」

121

「答，對，了。」

楊充倫說完，整間教室隨即起火。

外頭數名學生，不知道是如何聽到楊充倫的指示，總之，他們把火種扔了進來。

我這才發現，我們周遭的被搬到一旁的桌椅，早就倒滿了油。

「哇！」我舉起盾，替隊伍擋著從我們方向燒來的火勢，「這個傢伙……是想要全部的人活活燒死在這裡嗎，我們快出去！」

「沒用的。」楊充倫道，「你以為我會沒準備把門封好嗎？」

我望向門外，十多名學生正凝視著我們。以毫無表情的臉孔，凝視著我們。

「媽的！」仇柏希道，「逼我要這樣做！」

仇柏希拿起了對講機，不知對著什麼人說話。然後，怪異的事情發生了。我們周遭的空間，竟瞬間變動起來。

「什麼……難道是通知那些老師，讓他們以想像力改變這個地方的樣子嗎？」我道。

周遭的東西全都消失了，只剩下一片白色、毫無物品的空間。

「大家……都在哪裡？」我四處張望，就只有我一個人而已。

「他們都去和楊充倫那些傢伙玩了，我還特地讓老師們去陪他。」仇柏希道，「我只是想知道一件事而已。」

我看著仇柏希，默不作聲。

「不過，在知道這件事之前，我還是先把你的四肢全都斬掉再說吧。」仇柏希說完，拿著兩把開山刀，往我的方向衝來。「這樣問起來也會方便一些。」

＊　＊　＊

「為什麼？」

在另一個完全相同、卻不同位置的空間裡，有三人正在對峙著。

黃俊傑看著梁俊聲與林小雯問道。

「你難道不知道，那個叫楊充倫的人是瘋子嗎？他的目的就是為了毀掉這間學校！」

「……我沒想到，你竟然還活著。」梁俊聲說，「好久不見了。」

「別扯開話題！」黃俊傑吼道，「回答我！」

「我們當然知道了。」梁俊聲道，「但是，比起仇柏希、比起你們，我覺得加入他的隊伍，能提高一些存活率，僅此而已。」

「提高？別笑死人了，你應該有看到他要那些人自焚？」黃俊傑冷笑道。「這就是他統一天下後，要忠臣們取悅他的方式！」

「不會有這樣的事情發生的。」梁俊聲道，「正因為如此，我們兩人都努力成為他的核心成員……他不會讓我們遭遇危險的。」

「別天真了！」黃俊傑道，「放下武器吧，在這裡沒有人看到，我們沒必要打起來。」

「不行。」梁俊聲說完，轉頭對林小雯發出指示。

「……不要。」林小雯看著梁俊聲，不斷地搖著頭。

「對不起，就讓我任性一次吧。」梁俊聲提起刀砍向黃俊傑，「我只知道，如果我不把這裡的勢力減少到一個，妳永遠也不能活在安穩的環境裡。」

＊＊＊

砰！砰！砰！砰！

我舉起盾抵擋仇柏希的砍擊，不斷地後退。

可惡……因為這個盾的緣故，我根本無法對他做出有效的攻擊。

但我也相信，如果我不使用盾牌的話……肯定會在短時間內就被他的刀砍傷。

「……你好像成長了許多。」仇柏希道，「我們做老師的最喜歡看到的，就是自己教的學生不斷成長。」

「即使是在這樣的環境下？」我怒道，看準機會刺出長槍，「仇柏希，你忘了現在的狀況，是誰一手造成的？」

「不是我，是你們！」仇柏希輕輕鬆鬆就躲過了我的刺擊，「你們大可以冷靜下來，然後有秩序地生活下去的！」

現在的仇柏希，應該失去了所有的記憶才對。

「可惡！」照現在的狀況，我只是一面倒地挨打而已。

我開始聽到大盾碎裂的聲音。

「只能賭一把了！」我把大盾往仇柏希的方向扔去。

仇柏希竟然能在這麼近距離下躲過了大盾，並瞬間和我拉開好幾步的距離。

不過，這正合我意。

「死吧！」我說完，以長槍對準了仇柏希。並按下了機關。

＊　＊　＊

「停下來，梁俊聲！」黃俊傑大叫，不斷抵擋梁俊聲的攻擊，「我不想和你打！真的！」

122

「那你就再死一遍吧！就像在家政教室一樣！」梁俊聲不停地往黃俊傑的方向砍去。

「我們已經找到回去的辦法了！真的！」黃俊傑道，「和我們一起走吧，梁俊聲！你也想活下來吧！」

「我不想再聽到你胡言亂語了！你知道我們花了多少時間，才從湖裡掙扎出來嗎？」梁俊聲喝道，「別再想著那些不可能做到的事情了！我們已經在這裡了，活在當下吧！」

「媽的，看來不把你這頑固的人斬醒，你是不會把我的話聽進去的！」黃俊傑往梁俊聲的右手砍去，「對不起了，只要沒有受到致命傷害，你的手是可以長回來的！」

＊　＊　＊

我從來沒想過，這槍裡頭裝著的，竟然是火藥。

在我按下機關的瞬間，仇柏希就正面承受了一場轟炸。

我想，就連仇柏希也沒想到長槍裡頭竟然裝著這樣的東西。

不僅是我或是仇柏希，都被這場爆炸的旋風，震得往外頭飛去。

但我不是正面受到攻擊的人，所以我還是可以站起來，走近仇柏希。

「哼，失策了嗎？」

仇柏希的胸膛都被轟出了一個洞，看來是非常嚴重的傷。

「本來還想問你，那隻黑色的手到底是怎麼來的。」仇柏希笑著道，咳出了一口鮮血，「不過，似乎快要死的人……就能回想起以前的事情吧，總之，我想起來了，所有的事。」

「……你指的是學校起火的原因吧？」我看著仇柏希，低聲道，「關信然。」

仇柏希——也就是關信然本人，愣了愣。

「……對。」他似乎不想深究我是如何得知他真正的名字，「……你這傢伙，調查出所有的事情了？」

「算是吧。」我點了點頭。

「真有意思。」關信然說完，望向了上方。

我看著關信然，也跟著沉默下來。

「……其實，我知道她這麼做是不對的。」關信然喃喃道，「我只是……不想她哭而已，那個樣子真的非常難看啊。」

「是嗎？」我問道。

「……你的目的應該是離開這裡吧？」關信然看著我問道，「你知道該怎麼做嗎？」

「應該知道。」我點點頭。

「……你們這群人很努力，也許這就是我在失憶期間，想找到你們的原因。」關信然說，「也許是因為在你們身上，能找到她的影子的關係吧。那種明明世界已經變成這樣，卻沒有選擇妥協，不斷對抗命運的態度……真像她啊。」

我沉默著。

「哼，就當是打贏我的獎勵吧。」關信然揮了揮手示意我走近，「我研究過，雖然這個能力是可以繼承的，但每一次轉讓給另一個人使用，都會令其效力大幅減少……我能準確地告訴你，你獲得了那個能力之後，還可以用多少遍。」

「四遍。」關信然說，「不要浪費，就只能用四遍而已，一次對大量的人使用可不算四遍，而是一個一個人計算的。我現在已經不可能活著對你的朋友做什麼了，而你雖然可以，但只有四遍。」

「……謝謝你，對不起。」我低頭道。

「無所謂了，都已經無所謂了。」關信然勉強笑起來，「我這個人太失敗了，竟然連一個人的小小夢想也保護不了……現在這些人互相殺戮，絕對不會是她想看到的，倒不如讓你們離開吧，能多救一個人是一個人。」

「在這個世界的盡頭……我還能看到誰呢？」關信然說完，閉上了眼睛。

「說真的，連我也不知道這玩意兒會噴出炸藥來。」我看著關信然道，「沒想到竟然這樣就能打贏你……」

「你別太有自信了，只是我手下留情而已。」在臨死前，關信然還是繼續譏諷我，「或許，是我潛意識裡，根本不想殺死你們吧……總之，每次有機會殺掉你這個煩人的傢伙時，我都會停下來。」

我感覺到，自己的腦海中突然多了大量的資訊。但最重要的，還是那一個數字。

「四」。

123

「只能對四個人下命令。」我苦笑起來，「還好，潘菁妍能進樹洞裡，而侯尚新也不像想要回去，這樣就剛剛好了。」

「誰管你。」這次，關信然真的沒有再說話了。

＊　＊　＊

楊充倫被兩群人圍攻著。

不幸的是，他身邊的兩個人都不知道為什麼被移到別處去了，使他必須以人數最少的方式，去對付其餘的人。

面對這種情況，楊充倫獰笑起來。

無所謂，只要我能在死前多拖幾個人下水就行了，楊充倫看著自己焦黑的右手如此想著，這也是他花太多時間搜索學校得到的後果。

事實上，這也是他讓學生會內亂，並先後殺死其他人的原因，他太恨那些人了，恨那些如此待他的人，恨那些不伸出援手的人。

他恨，所有人。

「妳們……知道這個世界的真相嗎？」於是，他決定這樣問亦穎晴她們。

「真相？」亦穎晴歪頭問道。

此刻她和謝梓靈、潘菁妍兩人，以及大量的老師，也身在這個環境之中。

由於關信然離開以前，只對那些老師下了「攻擊楊充倫」的命令，所以他們沒有對妹妹那些人出手。於是，就成了楊充倫和幾個手下對抗所有人的狀況。

「沒錯，真相！所謂的真相，就是只要我說一句話，妳們就會明白所有的事情！」

但是，對楊充倫來說，那已經不重要了。

因為他知道，只要知道真相的人，無論如何都會慢慢地從這個世界消失。

沒錯，就是真正的，死去。

「妳們都已經死了，就在這場火災裡頭。」楊充倫對她們說道，「那個叫亦穎常的人應該也知道這件事才對，還是他沒有告訴妳們？」

潘菁妍瞪大了眼睛。

＊　＊　＊

林小雯竟然在最後關頭，上前擋住了黃俊傑的斬擊。

「！」黃俊傑收力不及，就這樣一刀斬在林小雯的要害上。

「林小雯！」梁俊聲瞪大眼睛，看著林小雯倒下去。

「……我知道你很擔心我……」林小雯道。「可是……你打不過這個人的……在家政教室的時候我就知道了……快跑吧，我也不想要你受傷啊。」

然後，林小雯就倒地了。

不論是黃俊傑或梁俊聲，都眼睜睜看著這件事情發生。

「你這傢伙……你這傢伙！」梁俊聲憤怒道，再也不留情地，一次次往黃俊傑攻去。

「去死吧！你一定要死掉啊啊啊啊啊！」

「媽的……對不起了！」黃俊傑見梁俊聲已經沒有商量的餘地，只能開始反擊，

「……我還有一個非常重要的朋友，等著我去幫助他，我絕對不能在這裡倒下！」

＊　＊　＊

「不可能。」妹妹搖頭。

「呃？」楊充倫愣了一愣，「什麼不可能？」

「如果哥哥他知道真相的話，不可能隱瞞我的。」亦穎晴堅定道，「雖然他平常很粗心大意，也經常要我幫忙他，說話也很不經大腦……但是，他從來都不會欺騙我。」

潘菁妍和謝梓靈都怔了怔，望向亦穎晴。

「因為，他就是我的哥哥。」亦穎晴道，「我相信他。」

相信？直到被那些老師殺死之前，楊充倫都不明白這個詞的意思。

＊　＊　＊

空間慢慢開始熔化。

「真貼心啊，竟然在死前一刻叫那些老師毀掉這個地方。」我看著這個地方說道，「謝謝你，關信然。」

是時候了。我默念著那幾句咒語，準備逃脫之後，把其他還不能進樹洞的人在這個世界生活過的記憶都消除。

「還好潘菁妍能進樹洞，所以四遍……也就是四個人，剛剛好。」我這樣想著，「雖然侯尚新不能回去……但他好像也沒有這個打算，所以就算了吧。」

一開始，我是這樣想的。但是當我看到潘菁妍和黃俊傑他們回到原本的教室時，我才知道這個計畫還是落空了。

不知為何，潘菁妍和謝梓靈的手都變黑了，就只有妹妹沒有事而已。

潘菁妍和謝梓靈都以極為震驚的眼神看著我。

糟了，我心想。

她們，都知道了這裡的真相。

124

我帶著其他人，走到了樹洞那邊。

「怎麼了？為什麼我們又要回到這個地方？」妹妹問道。「對了，你們有看見仇柏希到哪去了嗎？梁俊聲他們呢？怎麼都不見了？」

黃俊傑聽到這句話的時候，下意識地低下頭。

謝梓靈和潘菁妍，也迷惘地看著我。

我知道，這是因為她們都明白了這件事發生的原因，不想讓妹妹也受害。

她們在知道真相的瞬間，也一併清楚自己的下場。

明白自己已經死去的人，只能在這個世界慢慢消失，而且永遠不能回到現實世界。

「但是。」我微笑著對潘菁妍和謝梓靈說。「妳們不用擔心，一定可以回去的。」

潘菁妍和謝梓靈都瞪大了雙眼。

「我從仇柏希那裡得到了某樣能力。」我喃喃道，「雖然以現在的狀況來看，我應該是回不去了……」

「你說什麼啊？」妹妹問，「說話沒頭沒尾的，我都不知道你想說什麼。倒是，剛剛那個叫楊充倫的人，說你有事情隱瞞我。」

我愣了愣。

「你是不是有事情還沒告訴我？」妹妹瞪著我，「雖然我覺得你應該不會這麼做，但我還是想問清楚。你會不會欺騙我？」

我看著妹妹，呆滯了很久。大家也看著我，默不作聲。

呆滯了很久，我終於做出了決定。

「當然。」我蹲下來，摸了摸妹妹的頭。「我……絕對不會害妳的。」

說完話以後，我立即看著她們三人。

「忘記吧，妳們三個人。」我對著她們下令。「由今天開始，妳們都會忘掉這裡發生的每一件事，並且正常地穿過這樹洞，回到現實世界去。」

＊　＊　＊

她們回去了。

聽到我的命令後，她們的雙眼都像失神般，一步步地穿進樹洞，回到現實世界去。

黃俊傑取出了人像，看到「退貨」那一欄增加了三個名額。

「終於結束了嗎……」我鬆了一口氣，「但還是有點驚訝啊……沒想到她們竟然在最後關頭知道了這個世界的真相，是什麼人告訴她們的嗎？」

「我想是楊充倫他吧。」黃俊傑喃喃道。「那傢伙的手……也是焦黑一片的，我剛剛進去的時候就留意到了。」

「是這樣嗎？還好，再清洗一次記憶就行了。」我看著黃俊傑，「你也能回去了。」

「是嗎……如果你也可以回去的話，那就好。」黃俊傑笑道，「沒想到仇柏希那傢伙，竟然會把那個能力交到你的手上啊，這樣一來，我們都能平安無事了。」

「不。」我最後還是忍不住哭了起來。「你不要惹我哭好不好……我好不容易才忍到這裡的……」我哭泣道，「我不能回去了……因為只剩下一遍而已，也就是說，我們只有一個人可以回去。」

我也對著黃俊傑下命令。

「什麼？不，你不能這樣做！」黃俊傑震驚地道，「如果只能再用一遍的話，那就把我留下來吧！」

「忘記吧。」我再次對著黃俊傑道，「由今天開始，你會忘掉這裡發生的每一件事，並且正常地穿過這樹洞，回到現實世界去。」

＊　＊　＊

所有的人都回去了。

我待在樹洞前，這樣想著。

所有的人都回去了，這樣就好。

除了我之外。

我不斷地說服自己。沒錯，大家都沒事了，這樣不就好了嗎？

只是，我再也不能與黃俊傑互相開玩笑了。

只是，我再也聽不到妹妹的吵鬧聲了。

只是，我再也不知道自己到底是怎麼認識潘菁妍的了。

只是，只是，只是，只是。

「啊啊啊啊啊啊啊啊啊啊啊啊啊啊啊啊啊啊啊啊啊啊啊啊啊啊啊啊啊啊啊！」

只是，只剩下我一個人了。

＊　＊　＊

潘菁妍睜開眼睛，發現自己正身處學校之中。

四周都是燃燒的灰燼，以及，大量的救護車聲。

無數的人躺在校園中，有些人已經沒救了——不，大部分的人都沒救了。

「妳沒事吧？」前來救護的人看到她，隨即問道。

無視那些人的提問，潘菁妍毫不猶豫地站了起來，往某個方向走去。

往那個熟悉的人的方向走去。

要說為什麼她知道是這個方向，只有一個原因。

因為，這就是她的直覺。

資料C

我在很早以前就發現這件事了。

那個人——她是一個徹底的瘋子，就是她，製造了這一場騷亂。

問題只有一個……在我來得及將真相告訴全校的時候，被其中一名老師發現了，我永遠也忘記不了，當他看著我的時候，那張扭曲的臉孔到底有多恐怖。

老師把我帶到講台上，掌握著發言權的他們，對學生說我的精神出現問題，讓我接下來說的話變得毫無說服力，但我還是拚命對大家解釋，並拿出我所有的資料、一切的證據。

大部分的人都嘲笑我，但也有少部分清醒的人，開始對眼前所處的地方產生了疑問——我的努力還是沒有白費。

那個人知道不妙了，竟然在那一刻，讓所有的人都忘記我——以作為她計畫的第一步，包括我在內，所有人的記憶都被修改了。

我不知道她竟然有這樣的能力，所以完全沒有做出應對的準備，在最後關頭，我還是記下來了，在紙條上寫著「有危險」這三個字，希望自己失憶以後，仍然可以因為這張紙條，想起任何事情——任何的事情，都好。

亦穎常他，也在這間學校裡啊。

125

沒救了。

我感覺自己的視線又再次變得黑暗，想必到了某個階段，會黑得什麼也看不見吧。

「你好啊。」

突然，我身後傳來一個聲音。

回頭看過去，發現竟然是那團在無限空間裡看到的黑影。

「……你來這裡幹什麼？」我問道，「這應該不是你管轄的範圍才對。」

「哈，我不管轄這個地方，就代表我不能來嗎？」黑影用聽起來像是戲謔的聲音對我說，「還有，你作為新一任的管理員，我自然有義務為你介紹能在這裡做的事情。」

「我？管理員？」我有些驚愕。

「對啊，當然是你，這個地方還有別人嗎？」黑影道，「關信然也死了，在他死前，就委派你成為下一任的、這個世界的管理員——雖然，你這個管理員也當不長了。」

「……這樣嗎。」我低聲道。

事實上，能不能成為管理員，對我來說，已經沒什麼意義了。

「老實說，如果你那時候不是威脅著我的核心，我是絕對不想向你透露這麼多訊息的，畢竟你可是一個蔑視這裡的混蛋啊。」黑影說，「沒想到，你竟然靠著這些情報成為下一任管理員了，在某種程度上真的是值得敬重啊。」

「就算你說這種話，我也不會因此優待你的。」我冷淡地道，「既然你有為我介紹的義務，那就把所有我不知道的事說出來吧。」

我說完話以後，身處的場景就轉變了，變成原來我和黑影首次見面的空間。

「既然如此，我就在你死之前盡量補充一下，滿足你的好奇心吧。」黑影道，「你想知道什麼？」

「所有的東西。」我道，「由你所知道的開始。」

黑影大笑起來，然後開始敘述。

「基本上，這間學校是由學生和那些老師幻想出來的，但某些地方不是。」黑影道，「例如那三個異界，是早在學生想像出來之前……就已經存在的。」

「什麼？」我愣了愣，「那它們是由什麼人創造的？」

「呃，我這樣說吧。」黑影道，「……在來到這個地方以前，你覺得死後存在著第二個世界嗎？」

我想了想，不知道該怎麼樣回答這個問題。

「你不能回答，對吧？」黑影道，「如果我問你『某條街道有沒有便利商店』，你很容易就能回答，因為你只需要去那條街道看一看就行了，但是，你總不能到另一個世界去看看吧？」

「因為不確定，所以既不能肯定、也不能否定。」黑影道，「所以，在這個世界，它就存在了。這東西與其說是由你們創造出來的，倒不如說是由古今各個時代，所有曾經在這個世界生活過的人對死後世界的想像，經過平均化以後，共同產生出來的景象。」

「平均化？」我問道。

「每個人對死後世界的想像都是不一樣的。」黑影道。「但我們還是可以從中找到一些共通點的。而這三個地方，就是大家對死後世界想像的共通點，所結合出來的模樣。」

「有一個無所不能的主宰者。」我看著黑影道，「有一個放置眾人靈魂的地方，以及……有一個離開這裡的希望？」

「總體來說，你可以這樣理解。」黑影說，「在細節上，還是有很多東西可以深究，例如湖、森林這些地方，都有其象徵的意義。」

「那麼，在湖畔的時候，湖水曾經想把我拉下去……之類的，也是因為大家對死後世界的想像，所產生的象徵意義之一？」我問道。

「死亡，你想逃避它，但它總有一天會把你拉進去。」黑影道，「也許你起初會不斷地掙扎，但你的力量總是會越來越弱……或者說，死亡越來越強。」

「當然，我這只是舉個例而已，其實我也不太清楚為什麼會這樣，畢竟這些東西可是由全人類的想像力創造出來的。」黑影說。「但只有這三個東西，是必定存在的，即使你們沒有想像出學校，它也會以其他方式出現在你們眼前。」

「例如，你們原本是在維多利亞公園遇難，那你就會在維多利亞公園的搜索中，突然找到一個森林；如果你是乘著一輛小巴，穿過隧道以後遇難的話，你可能會在隧道外頭發現一個大坑。即使你在一架電梯裡遇難，只有你在死前仍然以為自己還活著的話，你也會遭遇到現在一模一樣的狀況，並看到以上的三個異界。」

126

「所以不同的地方，它都可能會出現，而它有時候也會視乎你們的想像，在全世界人的想像之間再做一個平均化，而出現一些變化……所以，探討它們是從何處、為何是此處、為何是這個樣貌，為何以這種形式表達，都是雖然有趣、但毫無意義的行為。」

「此外，這裡有很多東西都不是由你們想像出來，但由你們的潛意識、或是平常的生活概念中知道：『可能』有這樣的東西存在……所以它就出現了，從所有人的記憶中提取出來，並一直在這裡待命。」

「當你們一部分人開始回想起部分記憶的時候，它就出現了。」黑影道，「從那個地方的某些地方，以合理的方式展現——這可以說是你們與所有人共同得出的結果。」

「這就是這個世界的樣貌，也就是我之前所說的，這個世界第一個、也是唯一一個的法則。」

「那麼，大家所看到的白霧，也可以用以上的法則解釋嗎？」我問道，「而我們每穿過一道霧氣以後，看到的東西則越加清晰……」

「白霧代表的是你們對這個世界的迷惑與不解，它並不存在於這個世界，而是在你的心裡頭。」黑影道，「所以，當你們離事物的真相越近，對這個世界也看得越清晰。」

大量的資訊，使我不得不在聽完以後，開始沉默整理著。

「……哈，我在做什麼啊。」

突然，我想起了自己現在的狀況，不禁苦笑起來。為什麼我還要用以前的思維去推敲事情？這裡已經沒有需要我去推理並思考出結論的人了。

＊　＊　＊

在恢復意識看見學校的瞬間，即使是被控制記憶，潘菁妍也立刻回想起所有的事情。

回想起在那個地方發生的一切……

以及，亦穎常，以及，更多的事。
潘菁妍越過了很多屍體，看到了很多人。
但她沒有因此停下來，因為她知道，時間不多了。
現實世界的一百四十秒內，到底還剩下多少秒？
她不知道，也不想知道。
唯一知道的，是一句話。
一句可能使他想起與自己之間的記憶的話。
為什麼要這麼做？做了這件事以後，會使亦穎常立刻醒來嗎？
潘菁妍不知道，但她還是想這樣做。
「亦穎常。」
潘菁妍站到了亦穎常面前，並說出了這句話。
「你還沒有告訴我，那家百貨公司把某層樓封起來的原因，到底是什麼！」
潘菁妍這樣叫著。
「所以……在你告訴我這件事以前……你絕對不可以死啊！」

＊　＊　＊

我愣了愣。

雖然明知道這是不可能的。

但我還是聽到了潘菁妍的聲音。

「為什麼……」我仔細地聽著她的聲音，哭泣起來，「為什麼還要讓我聽到妳們的聲音啊……」

「不是我幹的。」黑影迅速推卸責任，「別問我，不關我的事。」

「那家百貨公司把某層樓封起來的原因，到底是什麼？」我說出那句潘菁妍說的話。

但是，靠著這句話，我想起來了。真正地想起來了。

想起了，自己與潘菁妍相遇的經過。

「……我是個非常、非常喜歡獨處的人。」不管有沒有人聽我說話，我還是說出來了，也許是為了說給自己聽吧，「平常也很難和其他人有共同的話題……畢竟，我沒什麼特別的興趣，除了這一樣。」

「……都市傳說。」我望向黑影，「我非常喜歡都市傳說，不論是外國的、香港的，我都喜歡，為了這些都市傳說，我甚至可以花一整天的時間在網上搜尋，或是乾脆到那個地方去實地考察。上環空置車站、達德書院、鎖羅盤這些地方，我都去過。」

黑影明顯對我的話不感興趣，但基於我現在仍然是他的主人，他還是得聽我說話。

「就是因為這一點，我認識了潘菁妍，她和我一樣，不僅是喜歡獨處的人，也喜歡這類東西。」我想起了昔日的情形，不禁笑了起來，「你知道，當我發現在討論區上和我一直爭論某地方傳說真偽的人，竟然是我們學校其中一名學生的時候，有多驚訝嗎？」

「另一個老土愛情故事的開場。」黑影打了個呵欠，「繼續吧，我會嘗試聽下去的。」

127

「總之，我們就成為朋友了，而且迅速變得親密。」我道，明知道這樣說只會令自己更傷心，但我還是繼續說下去，「……我們正式成為情侶的一刻，是在火災發生前一個小時，我鼓起勇氣開始的。」

「……不過，我挑的時間點好像太差了，在這之後，我們全都因為校長的控制而失去記憶了。」我苦笑道。「……現在想起來，又有什麼用？」

＊　＊　＊

「即使你現在才想起來，也不算太遲！」潘菁妍對昏迷的亦穎常抽泣道，「只要你願意醒來的話……我一定會原諒你的，你以前做過什麼事，我也原諒你好不好？」

「不過，我也實在是不太懂如何與別人相處啊。」我笑道，「經常惹她生氣。」

「我把你的東西都還給你好不好？」她哭泣著。

「有時候她太生氣，還會隨機拿走我其中一樣東西。」我道，「說要等她平復心情以後才還給我。」

「這次，換我請你吃東西了，你要吃多少我都請客！」

「為了使她冷靜下來，我經常會帶她到街口的那家小吃店請她吃東西。」我回憶著，「不過，她好像沒有因此而肥胖過啊。」

「事實上，我因為這樣而重了好幾磅……」潘菁妍有點不好意思地道，「不過，正因為如此，你才要醒過來啊，不然你要怎麼看到我瘦下來的模樣！」

「真好啊，這樣的回憶。」我躺了下來，「真好啊，這樣的校園生活。」

「只要你醒過來的話，就全部都不是回憶，全部不是過去了！」潘菁妍跪了下來，不斷地哀求著，「所以……請你醒過來吧，請你回到這裡來吧，亦穎常！」

＊　＊　＊

在那個空間內，我喃喃自語著。

「……我全都聽到了啦，真是煩人的傢伙。」

終於，我站了起來。

「怎麼了？話說完了嗎？」黑影問。

「對，說完了。」我看著黑影，笑了笑。「也是時候，離開了。」

在我面前的空間，突然迅速扭曲起來。無數的光點在我數十步前的距離聚合著——直到形成了一棵巨大的樹為止。

一棵巨大的，有著一個發光樹洞的樹。

「謝謝你為我補充了這個世界的法則。」我對著黑影感謝道，「不然，我也不可能想到離開這個地方的方法了——對了，右臂的黑塊我也順便清除掉了，下一任管理員就讓侯尚新或是波叔他們代替吧，畢竟他們待在那裡也挺無聊的，讓他們找點事做也不錯。」

「什麼——這不可能！」黑影難以置信地叫道，「你不可能扭曲這裡！這裡可是由全人類的想像力所組成的空間啊！」

「沒錯，以全人類的規模來說，我的確不可能在破壞這裡的同時，再創造出一棵樹。」我說道，「基於這個原因，也不可能因此突破『拋棄這裡的記憶才能離開』的規則，回到現實世界去。」

黑影看著我，這回我在他身上感受到的，是恐懼。

「只是，有一件事你忘記了。」我對著黑影說，「有一樣東西，是無論身處於哪個時代、哪個地方、哪個身分、哪個地位背景的人，都會相信存在、以及希望存在的東西。」

我伸出手，摸向那個樹洞，並成功地走進了裡頭。

「那就是，奇蹟啊。」

128

我睜開了眼睛。

看著那個為我而哭泣的人。

「對不起。」我對著潘菁妍道，「我好像醒得有點晚了。」

潘菁妍愕然地看著我。

「讓我告訴妳。」我笑了笑，「那個空的樓層，其實是辦公室，也就是說，並不是都市傳說。」

潘菁妍聽了，又再次流淚。

「我就說啊，你那時候還自信滿滿地說一定不是假的。」潘菁妍邊笑邊流著淚道。

＊　＊　＊

作為「唯五」的生還者，我們迅速地被送到了最近的醫院治療。

我、潘菁妍、妹妹、謝梓靈、黃俊傑五人，都受到了不同程度的燒傷。

不過，幸好也不是太重的傷，所以在接下來的一個月，我們很快就恢復了。

也許因為我是火場中最晚醒來的人，所以受到了最重的傷，也是最後才恢復的人。

在這段期間，我也受到了不同人的招呼。

「你欺騙了我們。」妹妹冷冷地對著我道。「你欺騙了我們每一個人。」

「對不起。」我低下頭來，「只是，如果我不這樣做的話，妳也會像他們一樣……」

妹妹沒有理會我，只是拋下這句話以後，便朝著病房外頭走去。

一步，兩步，三步。然後停了下來。

我勉強從病床上爬了起來，從後頭抱緊妹妹。

「對不起。」我再次說道，「只有這一次而已，我答應妳，以後我都不會再騙妳了。」

妹妹轉過身來擁抱我，並哭了起來。

＊＊＊

「對不起。」我對著前來探病的謝梓靈道，「如果不是我的話，妳的朋友……」

「別說傻話。」謝梓靈把一個切好的蘋果送到我的面前，「想跟我道歉的話，就吃了這個。」

「啊？」我愣了愣，不太明白她想說什麼。

「你的手又沒受傷，愣著幹什麼？」謝梓靈白了我一眼，「該不會是想要我餵你吧？」

「呃，不、不是！」我臉一紅，連忙迅速吃光桌上的蘋果。

「在休息期間，別忘了多喝水、多吃水果，能動的話就多動動。」謝梓靈舉起手指列舉著，「知不知道？」

「知道了，姐姐！」我本能地挺直身子回話，這才想起我根本沒有姐姐，「呃，謝梓靈！」

「你這個人啊……算了，沒事的話那我就走了。」謝梓靈搖了搖頭，就走了出去。

「不過，我真的要謝謝你，如果沒有你的話，我已經在不同的地方死了好幾遍了。」

謝梓靈轉過身，對著我微笑道。「一直以來給你添了這麼多麻煩，我才是那個需要道歉的人啊。」

＊　＊　＊

「快給我資料！」

黃俊傑一走進來，就大吼大叫地衝到我的床上把我從睡夢中叫醒。

「討論區的人都等著我在異界中的報告呢，快起來！」

「你這個混蛋……不知道病人需要休息嗎？」我無奈道，「我好不容易才睡著的。」

「還有，我終於找到了，那個叫王亮端，也就是喬逸昇的人，為什麼不被計算在生還者名單之內了！」黃俊傑叫道，「原來那傢伙醒來的時候太過害怕，所以自己回家找媽媽去了！」

「媽的，原來他才是我們當中最厲害的人！」我一聽到這句話，連忙拍起腿，「他一點傷也沒有嗎？」

「沒有啊，聽他媽媽說，他是嚇暈過去的，所以一點事也沒有。」黃俊傑道，「這也可以把他記憶混亂這件事聯繫在一起！」

「……是說，你在討論區寫的東西，會有人信嗎？」我把話題轉回他最初說的話，「那些人，會不會把它當成小說看啊？」

「就是把它當成小說看了，但意外地受歡迎啊！」黃俊傑笑起來，「看看這個，都要超過十個帖子，也就是上萬個回覆了！」

我看著那個帖子上的標題，睜大了眼睛。

＊　＊　＊

在我休養期間，父母、親人、朋友都來看我了。

不過，因為上班、上學的關係，他們都沒有來太多遍，也只是一兩遍以後就沒有再來了。

但是，就只有一個人，不僅每天來探望我，對我來說，那段時間也是最值得期待的時刻。

「那麼。」我看著潘菁妍走進來，對她說道。「今天妳想聽哪一個地方的傳說？」

「隨便哪個都行。」潘菁妍微笑道，「只要是你說的。」

（走不出的學校　全文完）

後記

這個故事的靈感來源，是由一次學校的火警誤報出現的。

那天剛好有不同的，但同樣是上體育課的學生先後兩次踢破了火警鐘，迫使我們要跑到學校操場那邊集合。

「全校集合↓猜測是否真正的火警↓輔導主任上前報告↓確認為誤報以後重新回到教室↓重複上述步驟一次。」

浪費了二分之一的上課時間。

饒了我吧，我的教室可是在七樓啊。

這樣想著，並在操場站著等待老師點齊人數的我，忽然突發奇想。

「也許，真的有火警發生也說不定——事實上，我們可能都已經死了啊。」

到了晚上，放學吃晚餐的時候，我這樣對我的朋友們說道。

「好像這個漢堡包一樣，雖然我正在吃它，你們也在吃它，但事實上，這也只是我們以為自己還沒有死，所產生出來的幻覺而已。」

我拿起了自己的晚餐對朋友說道。

「喔。」朋友若無其事地回答道，默默吃起薯條。

「從今以後，或許我們將會遇到不同的事情，在人生的路上選著不同的抉擇吧。但即便我們怎麼選，結果都是相同的，那就是事實上，我們都活在自己的幻覺裡，活在自己的世界裡。」

「在這個世界裡，我們以為自己還沒有死，以為那一天根本沒有發生過火災，但事實上，它已經發生了，而完全不肯接受現實的我們，創造了這個虛幻的現實世界，繼續生活下去……這可能，就是我們目前所遭遇的狀況。」

我沾沾自喜地做出了結論。

「喔。」朋友拿著我的汽水，「這東西應該沒有酒精吧？誰來把這個瘋子送回家啊。」

不過……事實上。

也許，創造這個故事的不是我，而是你啊。

對，就是你。

你真的能夠百分之百肯定，這個故事不是你自己創造出來的嗎？

或許，這個故事是你腦海裡某個記憶的一部分，你親身經歷其中的，屬於你自己的回憶。然後，基於某種緣故，你不得不忘記這部分的記憶。

然而，你心底裡還是想要記住這件事的，所以幻想了一個名叫「百無禁忌」的人，然後用他的身分出一本書。而那個故事，就是你想要記住的，那段已經忘記掉的回憶。

我想你看到這裡的時候，應該會有種想把書扔在地上的衝動了吧，「作者大哥，請你不要降低我們的智商吧，還是你已經找到了一個能在現實世界裡，憑空創造一個人出來的辦法了？」

在現實世界自然不會出現這些奇怪的事情。

問題是，你肯定，你現在所身處的這個世界，真的是現實世界嗎？

把範圍擴大成這樣的話，一切似乎就變得非常容易理解了。

首先，你想像了你自己所在的家、附近的街道、整個城市，乃至整個世界。

然後，你創造了無數的人，你的家人、你的朋友、路上的每一個人。

到後來，活在這個虛幻世界的你，也希望無時無刻出現新奇的東西，於是，電影、電視、漫畫、小說，一部一部的「上映」、「上架」了，但事實上，這只是你腦裡潛意識的其中一個創造物而已。

所以——

＊　＊　＊

所以，最後，還是看到了這個，不是嗎？

不知道你是從哪個媒介得到這段訊息？報紙？書本？互聯網？或是其他我不知道的？

其實，都沒有關係，如果你想知道的話，即使世界末日來臨，你也肯定會從某個極為巧合，實則命中注定的情況下收到這則訊息，發件者、傳送的地方、傳送的時間，或者是受眾對象的數目都有可能不同，但是這並沒有意義，因為它不會影響到最終的結果

——如果你想知道的話。

問問你自己吧。

把這當成譁眾取寵的文章、莫名其妙的推銷廣告，或是單純的惡作劇是不是更有說服力？如果你是抱著這樣的想法的話，那還是立刻忘記了這個吧，把視窗關掉、把書本放到最近的回收箱裡，或是其他遠離這玩意兒的方法，在離開以前，任何的侮辱或者責罵，我都會接受，反正，受害的也就只有鏡子而已。

「不要再讀下去了，對你的人生來說毫無益處，你還有更多值得去做的事情。」

……但你還是繼續讀著，不是嗎？

我的意思是，如果你已經放棄了閱讀這個訊息的話，那你肯定不會看到上面那一句的，就如同你不會看到目前這一句一樣。

為什麼會這麼無聊，你真的有好好生活下去嗎？如果街上出現一張「把這東西影印三十份，並貼到不同的地方上，那麼你和你的家人就會得到幸福。」的廣告，那你是不是也會果斷地跟著這樣做？

你應該不會是這樣的人吧，你只是在嘗試著當這樣的一個人而已。

「不知道你近況如何？有幸福的生活著嗎？還是痛苦的生活著？」

當然，不是任何情況都適用二元法的，但你的話可能不一樣，當然也可能一樣——誰知道你正在想什麼？

就連你自己，也不知道。

或者說，你不想知道。

對了，我們還是進入正題吧，我想你的目的應該也是為了這件事而已。

要不要聽一個故事？

那故事你可能已經聽過了，可能還沒有聽過，可能想聽，可能不想聽。

但我想你應該還是想聽的，不然的話，這段文字也不可能在你眼前出現，而你也不可能會讀到它。

不過這也不是「我」需要關心的事，是吧？只要你想聽的話，它就會出現，你不想聽的話，它也會慢慢的消失掉，然後，你也可以繼續原來的生活了。

那是一個很遙遠、很遙遠的故事。

以物理、以及所有意義上的「距離」來說，也是非常遙遠的故事。

那是，你自己的故事。

「是一場校園大火，造成將近六百多人死亡，教育局於昨天發出聲明，表示沉痛哀悼……」

「倖存的就只有五個人嗎？」我看著電視機喃喃道，把杯中的溫水一飲而盡。

啪！

我一掌拍在自己的左臂上，這一次還是毫無斬獲。

「媽的，你有完沒完！」我憤怒地對著那位置不明的蚊子大叫道，「今天還只是早上而已，卻已經是第六次了！你是一年沒吃過東西還是怎麼了？」

怒吼的聲音傳遍空曠的房間，很快就沉寂下來。

「……算了。」我搖了搖頭，拿起背包準備往外走，「反正我今天也要離開了，你就好好地幫我看門吧，餓的話去廚房那裡拿點番茄汁來喝，如果你辦得到的話。」

我打開門準備走出去，卻發現有個熟悉的傢伙正想按門鈴。

「早安。」和我同樣是待業狀態的青年，看到我走出來，連忙跟我打招呼。

「已經是下午了。」我回答，「怎麼了，找我有事嗎？」

「只是想找你談點事情而已。」這位二十多歲、和我同齡的人叫羅致清，跟我在同一所中學畢業，同一所大學畢業，被同一間公司所僱用……然後在同一時間被解僱。

我和他已經有好幾個月沒有聯絡了。

「很不巧，我現在正打算離開。」我無奈道，「是什麼事情？」

「我有些事情想拜託你，有點難理解的……我們還是下次再談吧。」羅致清看起來有點失望，不過還是沒有阻礙我，他向來都是一個非常關心別人感受的人。

「不，還是告訴我吧，不然我也離開得不安心。」我道。

「說起來，你為什麼要離開？不是說因為要和她在一起，所以即使家人到加拿大那邊了，你也要留在這裡的嗎？」羅致清問道，「為什麼又突然要離開？」

「和她分手了。」我直截了當地說出答案，「我去散心。」

「哈，真像你的風格啊，易天恆。」羅致清大笑起來，不斷拍著我的肩膀，「所以你回去找你的家人了嗎？那也好啊，至少他們再也不用擔心你了。」

我看著羅致清，不斷地忍耐著。

「怎麼了？」羅致清問道，「難道你不去加拿大？那你現在想去哪裡？」

羅致清沉默著，然後提出自己的猜測——他同時也擅長察言觀色。

「你和他們吵架了？」

雖然猜的方向錯了，但我還是終於忍不住哭了起來。

羅致清愣了愣，顯然沒有想到我會有這樣的反應。

「加拿大我已經去過了，就是上個星期的事情。」我看著羅致清，整個身體都在抽搐著，「他們……都死了，就在當地商場的一場大火裡。」

＊　＊　＊

在羅致清的陪伴下，我再度回到了家裡，並跟他說起事情的經過。

「……所以，這才是你和你女朋友分手的原因嗎？」羅致清內疚地道，「對不起，我不該問你這件事情的。」

「和這件事情沒有關係，因為我到最後也沒有告訴她。」我淡淡回答，「但總之，我們也還是分手了，僅僅是因為一些很無聊的理由而已。我沒有其他親人，你知道的，我要自己一個人活下去了。」

羅致清沉默著。

「我想找一個與世隔絕的地方待著。」我說罷，再度向著外頭走去，「一個我完全陌生的地方……對不起，但我要離開了。」

羅致清默默地跟著我出來，然後目送我離開。

我也沒有回頭，就這樣消失在他的眼前。

＊　＊　＊

香港機場還是一如以往的那樣熱鬧，無數的人往入口或出口移動，抱持著不同的目的向前邁進。

其實，我根本沒有任何計畫。

工作了一段日子的積蓄，應該足夠我隨機挑選一個地方作為目的地，然後在那裡活個一星期左右，雖然接下來應該就會把錢花光了。

不過，已經無所謂了。我這樣想著。

從中學的時候，我的家族就出現了一個非常奇異的現象，即使是像羅致清和我這樣要好的朋友，我也沒有告訴過他。

由那時候開始，每隔數個月，就會有一至兩名親人的死訊傳來，一個一個的，以不同的原因死去。

意外、疫病、凶殺、天災。

無論在哪裡，無論在什麼時候，避無可避。

到了最後，就只餘下我父母、以及我弟弟這幾位親人，我們一直平安無事地活了好幾年，我以為詛咒放過我們了，誰知道這只是它的另一個玩笑。

如今，他們都死了，就只剩下我一個。

家人死光，她也離開了，我也不是一個有著什麼遠大志向的人。

簡單來說，我已經沒有任何值得活下去的理由。

所以，我只需要在某個地方漫無目的地遊蕩著，一直到死就行了。
畢竟我在香港那邊還有幾位像是羅致清一樣的朋友，如果我在香港的話，他們可能會來找我，但只要我離開了香港，沒有聯絡的話，他們應該也不會起疑的——我分析著自己計畫的可行性。
我甚至沒有記住目的地是在哪裡，就這樣走進了候機的位置，走進了飛機裡。
坐在自己的位置上，我什麼也沒有想就這樣閉上了眼睛。
現在，也就只有睡眠，或者是死亡，能帶給我唯一的安寧而已。

＊　＊　＊

不知睡了多久，但我終究還是醒來了。
我望向窗邊，首先還是看看外頭的景色，來確認自己正身在什麼位置。不過，總感覺這地方長得和香港差不多啊。
等等。
等我看清外頭的景色以後，才真正愣住了。
根本就和香港沒有分別，飛機沒有離開過這裡，我一直也在香港。
這是怎麼回事？

我連忙抬頭張望，看看能不能找到空姐之類的人，告訴我到底發生了什麼事情。

不過，在看到機內的情況以後，我又再一次僵在原地。

這裡一個人也沒有。

不論是空姐，甚至是乘客，全都消失了，整架飛機內就只剩下我一個人而已。

我的腦袋裡迅速地組織著，很快為我目前的情況提供了一個最合理的解釋。

「飛機因為出現故障所以未能起飛，而我在這裡睡太久了，所以就只有我一個人待在這裡了。」我自言自語道，「沒錯，一定是這樣！」

雖然細節上還是有著一些漏洞，但只要我離開這裡，一切就能得到解答了吧。

於是我站了起來，揹上背包往飛機外頭走去。

還好飛機的艙門打開了，不然我也不知道怎麼做才能離開。

總之，我走出了門外，並回到了候機室的位置——不過好像有點不太對勁。

雖然上一次搭飛機是很多年前的事了，但我還是很清楚記得，如果是下機的話，我應該不會看見候機室才對，至少也會從別的地方出去，畢竟我們可是要重新入境的啊。

我的意思是，這根本和我剛剛上機的時候沒有分別。

我看清了機場目前的狀況。

現在大概是下午五點，太陽也快要下山了。

而機場內，一個人也沒有。

廣闊的空間內，大部分的燈仍然開著，但正因如此，更增加了一股濃厚的詭異氣氛。
我不想忍受這股沉重的壓迫感，於是對著前方大叫起來。
「喂！這裡有人嗎？」
聲音在機場內迴響著，但沒有人回應我。
「……這到底是怎麼回事？」我開始喘息起來。
為什麼，這裡一個人也沒有？
在我終於意識到這裡的異狀以後，我開始跑了起來。
由候機室的位置往反方向移動，我一路越過了海關檢查行李的位置、離境區域，直至回到客運大樓那邊。
一路上毫無阻礙，因為所有的人都不見了。
我站在機場的中心，拚命地想要使自己冷靜下來。
「就只有我一個人而已？」
然而，正當我說出這句話的時候，從不知什麼位置卻傳來一個女聲。
「不是哦。」
我在聽到這句話的瞬間拚命轉過頭來，然而，不論從哪一個角度，我都看不到人。
我甚至把頭望向了天花板，還是看不到任何的身影。
「哈哈哈哈，你剛才的舉動真奇怪，哪有人會飛的？至少我從來沒有看過。」女孩的聲音再度傳來，這是一個非常稚氣的聲音，這回我仔細聽著，希望藉此分辨出聲音的位置，找到那個人到底在哪裡。

然而，不知為何，我就是無法得知她的位置，那個聲音聽起來就好像是從我心底發出來的。

「……難道是因為我太害怕，所以瘋了不成？」我喃喃道。

「你也可以這樣想，如果這樣會令你舒服一點的話。」女孩的聲音就像是從我腦海裡湧出來般，而不是透過正常的方式跑進我的耳朵內。

「剛剛發現這個溝通方式的時候，我也是有點驚訝啦……不過，要見面的話，這裡好像有點太暗了，不如我們找個光亮點的位置再次說話？」

「什麼？」我有點不太明白她的話。

「笨蛋，就是叫你去找一個光能把所有東西照亮的地方，我一直在你的後頭。」女聲說道，「只是你看不到我而已。」

在聽到這句話的瞬間，我失聲叫起來，並不斷往後方退。

「哇啊啊啊啊啊！別過來啊，別過來啊！」我不斷地揮動著手上的背包，試圖驅趕著這個不詳之物。

「喂！為什麼會變成這樣啊？不過這樣也挺好玩的。」女聲說完，突然以比剛才大上一倍的聲音在我腦海裡叫道。

「我在這裡哦！我在這裡哦！我在這裡哦！我一直都在這裡哦！」

「……等等，夠了，我們還是停下來吧。」我無奈地道。

剛才的確是很害怕的，但在聽到這一連串猶如小孩子惡作劇成功時，所露出的沾沾自喜的語氣，我就慢慢平靜下來了。

即使這是鬼，應該也不會是什麼會害人的鬼才是。

「好吧，我現在就找一個光亮的位置。」我道，「不過，妳可不可以先現身再說？因為……現在這個樣子實在是挺恐怖的。」

「那不是挺好的嗎？」女聲有點得意道，「你被我嚇怕了耶！這可是第一次啊。」

「不，這一點也不好。」我搖頭道，「請妳現身吧，不然我無法相信妳的話。」

「唉，好吧，那你看著你自己的手。」女聲說道。

我以為她將會在我的手上現身，於是戰戰兢兢把雙手伸得遠遠的。

「伸出來了。」我道，「妳是要在我的手上出現嗎？」

「你把手伸得這麼遠，怎麼可能看得見我！」女聲道，「拉近一點！」

我聽了，也只能慢慢把手拉回自己眼前。

仔細地看著雙手手背，我等待著有什麼奇異的東西在我的眼前出現，並準備好應對所有的狀況。

然而，什麼事情也沒有發生。

「這裡什麼也沒有啊。」我無奈道，「快出來吧，我已經照妳的話去做了。」

「啊？你在說什麼啊？我不是出現了嗎？」女聲疑惑道。

「沒有。」我一再查看雙手，「什麼也沒有看到，隊長，我看不見。」

「所以我就說了，你要去一個亮的地方才能看到我！」女聲說，「你在一個這麼陰暗的地方，怎麼可能看得清楚！」

「妳到底是什麼東西？我從來沒有聽過有鬼要在光亮的地方才能出現的。」我道。

「什麼是鬼？吸起來好喝嗎？」她問道。

「妳的笑話一點也不好笑。」我無奈地搖了搖頭，「總之，到光亮的地方就可以了吧？那我就照著妳的話去做。」

「沒錯，這樣就好。」女聲如釋重負地鬆了一口氣，「沒想到你這個人竟然這麼難相處，真是麻煩啊。」

「我不覺得對一個連樣子也看不見的人抱有戒心叫作難相處。」我抬頭尋找著高點，先找到這樣的地方，讓我可以更方便找到機場最光亮之處。

我站在上層的餐廳，往前後方眺望著，以現在我身處的位置，剛好能看到入境以及尚未入境的區域狀況，「那個方向倒是挺亮的，妳覺得那裡可以嗎？」

我指著的是位於機場未入境之處，那個放著一大堆展板的位置，那裡因為需要燈光照著展覽物，所以比周圍消耗了更多的電力，如果我沒有看錯的話，那個展覽的主題應該是叫作「保護自然環境，請節約使用能源」。

「不錯啊，作為一個新角色登場的地方，那個地方是一個非常完美的位置。」女聲似乎很滿意那個地方的布置，「在一連串的投射燈下出現，非常的帥氣啊。」

「既然妳同意的話，那我們就快點到那個地方去吧。」我說完，就走到電梯上準備下去，「說起來，妳知道這個地方到底發生了什麼事情嗎？或者妳根本就是這個狀況的始作俑者？」

「什麼事情？什麼始作俑者？」女聲問道。

「當然是指這個地方發生的事情，妳看。」我舉起手橫掃這個地方，「所有人都消失了，就只餘下我和妳兩個人而已。」

「我可不是人，只有你才是。」女聲補充道。

「對，妳不是人，所以妳全家也不是人。」我無奈地點了點頭，「那麼，妳到底知不知道發生了什麼事情？」

「不知道。」女聲悠然說道，「這和我有什麼關係？只要有東西吃，能繼續活著，對我來說就是人生的全部了，所以我沒有留意這個地方發生的事情。」

「真是豁達的思考方式啊。」我只能這樣評價，「不過，除了吃就是睡，妳不覺得這樣的人生很無聊嗎？」

「哪有可能無聊！我每天都是活在生死一線間呢！」女聲認真大叫道，「每天都可能冒著快要死的風險！你以為我的日子是這麼好過的嗎？」

「妳已經出來工作了？聽妳的聲音不太像啊。」我有點驚訝道，「工作的內容還似乎非常危險，不過，富貴險中求嘛。」

「當然了，現在你可要對我好點，知不知道？」女聲說，「只要你考慮不經常攻擊我的話，那我可以考慮下次叮在一些你比較容易接受的地方，我們好好協商一下。」

什麼？

我愣了愣，完全搞不清楚這沒頭沒尾的話，到底是什麼意思。

不過，正因為我已經站在這個地方了，所以也終於能看到「她」的樣子。

「嗡嗡嗡嗡。」

只見一隻蚊子在投射燈上飛來飛去，同時，我也聽到了「她」，如果沒意外的話，應該是來自蚊子的聲音。

「現在你能看清楚我了吧？」蚊子問道。

我看著那隻接近我的臉上、飛來飛去的蚊子，不知道該說什麼話才好。

「……難道說。」我想了想，然後道，「最近幾天不斷咬我的蚊子就是妳嗎？」

「對，就是我。」蚊子道，此刻牠正停在我的手上，不禁使我有點抗拒，但無奈這很可能是這個世界上最後一個能與我對話的「人」了，所以我拚命壓抑自己一掌拍下去的本能。

「妳有這麼餓嗎！別人看到我的手還以為我有皮膚病呢！」我憤怒地道，「妳竟然還有臉跟我到這個地方來！」

「弱肉強食可是這個世界的法則。」蚊子得意道，「你不願意的話，就打死我啊？雖然你已經追殺我一個星期了，但還是一點結果也沒有，難得有個反應這麼慢的獵物，為什麼不咬你？」

「妳這個……」我想不到任何可以罵一隻蚊子的話，只好作罷，「妳到底是怎樣學會說話的？用這種直接把話送進別人腦海裡的方式？」

「有什麼難的？只要努力學習就行啊。」蚊子理所當然地回答，「只要有心，就連撈麵也會說話。」

「我可不認為這是肯努力就能成功的事。」我道，「而且，如果妳早就會說話，為什麼之前不跟我說？要特地在這種地方、這種情況下才講？」

「要是妳早跟我說，妳是一隻會說話的蚊子，我至少會考慮一會兒才決定要不要殺妳。」我推論著，「由此可以斷定，妳應該是在這之後才學會這個對話方法的，很可能就和我們現在所經歷的這件事情有關。」

這件事情指的，自然就是此刻我身處的狀況，這個空無一人的機場。

「沒想到你看起來這麼弱，分析事情卻是挺井井有條的啊。」蚊子用像是認可我能力般的語氣說道，「好吧，你在我心目中的地位提升少許了。」

「這還是我有生以來第一次被昆蟲說弱。」不斷聽著這種在自己腦中湧現的聲音，不禁使我開始有點頭痛，「總之，妳到底是如何學會的？」

「呃……讓我想想。」蚊子思考著，「……呃，我只能記得一個星期之內的記憶，而且回想事情也需要花點時間……」

「當然了，我會耐心等候。」我道，「我不會責怪妳的腦容量的，畢竟妳只是一隻蚊子啊。」

「我知道你是在取笑我。」蚊子冷冷地道，「我開始想起來了……好像是在你離開之前的那一天，我就已經學會這個能力了。」

「是嗎？」我道，「那妳是怎麼做到的？」

「讓我再想想……有一個人，一個女孩過來，說是要我好好地看著你，對了，好好地看著你！」蚊子道，「她說，要我盡量不要讓你死掉，所以才把這個能力交給我……總之見過她之後，我突然就變得聰明很多了！」

「我說，如果想我不要死掉，可不可以直接把能力交給我？」我不知道應該生氣還是應該笑，「為什麼要讓一隻蚊子來保護我？」

「沒錯，就是那個詞，當時她也是這樣說的！」蚊子叫道，「她說要我保護你！就是這樣了！哼哼，所以你可要好好跟著我啊，不然我趕不上你的速度，當你生命垂危的時候就怪不了任何人！」

「無論怎麼看，妳都是在攻擊我而不是在保護我對吧？」我伸出手讓蚊子看看我的傷痕，「在我遇上什麼危險之前，恐怕已經耗盡全身的血液了啊！」

「什麼啊，難道當保鑣不需要薪水嗎？」蚊子不滿的道，「而且，如果我不吸你的血，也無法用這樣的方式跟你說話，這也是我剛剛才想起來的，我至少要吸三到四次血，才可以把訊息傳送到你的腦內。」

「好，對於妳的事，現在我大概知道是怎麼一回事了。」會說話的蚊子的確很詭異，但再怎麼樣也比不上現在的情況，所以我決定先把這件事擱在一旁，「那妳知道任何有關這個地方的消息嗎？」

「不知道啊。」蚊子在我的頭上繞來繞去，她似乎有很明顯的過度活躍症，「我也是跟著你一起上飛機的，在你睡著的時候，我待在你的衣服裡，所以什麼都沒有看到。也就是，我和你可是在同一時間看到現在這個情況的。」

「這樣嗎……」我嘆了口氣，「算了，反正我也不指望能從妳身上得到所有的答案。」

說完，我取出了手機。

「通常在這樣的情況下，所有的電子產品都會莫名其妙失去訊號的。」我打趣道，「然後電視、電腦、收音機之類的，全都沒辦法運作。」

「是嗎？」蚊子道，「那它們是什麼？為什麼要運作？」

「以妳的智商，我很難向妳解釋。咦？」我愣了愣，看著手中的手機。

不僅有訊號，而且能上網。

「什麼啊，這樣一來，就沒有什麼好怕的了。」我笑了起來，並迅速打開了熟悉的新聞網，看看有沒有任何關於這裡到底發生了什麼事情的消息。

然而——

「還是校園大火作為頭條？」我有些驚訝，「雖然那件事的確是非常駭人……但眼前的這件事更值得放在首頁啊！」

「什麼是首頁？」蚊子問道。

即使打開到「港聞」的版面，還是看不到任何與這件事有關的新聞。

「看看有沒有人討論這件事。」我說完，轉而打開到某討論區的網頁。

還是沒有，一個人也沒有。

討論區還是一如以往的和平，完全沒有這新聞的消息。

我看了看最近的留言，全都是在這一分鐘內回覆的，那就是說，互聯網沒有問題，所有人還是一如以往地生活著。

「難道，消失的就只有這個機場的人而已？」我猜測著，「如果是這樣的話，可能也可以解釋為什麼沒有人報導這件事，可能。」

「說什麼傻話，整個機場的人都消失了，怎麼可能會有人不知道？」蚊子道，「這可是機場啊。」

「說的也是。」我點點頭，決定登入到討論區內，「那麼，就由我來跟他們說這件事吧。」

但是，當我按進登入頁面的時候，能顯示出來的也就只有「無法顯示網頁」這一句話。

「這是怎麼回事？」我愣了愣，還以為是我的網路出問題了。

我不斷嘗試著。

「……不論是任何網站，只要按下登入這個鍵，就沒辦法顯示網頁。」我道，「我試試看那些不需要登入就可以留言的網站。」

「我完全不明白你在說什麼。」蚊子道，「不過，快一點吧，我肚子有點餓了。」

我找到了一個有留言板的網頁，雖然不知道現在還會不會有人看這些多年前的懷舊玩意兒，不過如果成功的話，那我也可以慢慢用這個方法把機場的人全都消失了的這件事告訴其他人。

我簡單地輸入了目前的狀況，並按下了「傳送」。

一秒過後，無法顯示網頁。

「果然是這樣。」我道，「如果是這樣的話，那麼其他的通訊方式，應該也無法使用吧？」

我邊說著這句話，邊嘗試其他能透過網路與別人通訊的方法。

但是，無論是哪個方法，結果都是相同的。

「總之，我只能瀏覽，不能發言嗎……」在十多分鐘後，我終於放棄了，「這玩意兒還真是狠心。」

「呼，我飽了。」聽著蚊子的聲音，我感覺到自己的手臂又開始癢起來。

「算了，反正我離開這個鬼地方總行了吧？」我看著一片死寂的機場，先前因蚊子出現而暫時消退的不安感也再次死灰復燃。

「我們就到東涌去吧，只要我們到東涌，並告訴其他人這個地方的人都消失了，那我們就可以回家睡覺了。」

「突然就變成這麼悠閒的狀況了嗎？」蚊子道，「剛才我們好像還身處窮途末路的狀況。」

「好啊妳，連成語也會說。」我道，「剛才還知道什麼叫機場。」

「我不知道，好像也是那個女孩告訴我的。」蚊子說，「不過，她給我的知識似乎沒有想像中那麼完整，有些事情我知道，有些事情我不知道，就像你剛剛說的什麼首頁，我就不知道是什麼東西了。」

蚊子的話音剛落，卻突然大叫起來。

「小心！」蚊子叫道，「就在你的背後！」

我愣了愣，決定相信蚊子的話，往右邊撲去。

幾乎就在我離開原來所站位置的瞬間，一根鐵柱就朝著那個方向倒了下來，如果我晚個幾秒，肯定就會這樣爆頭死掉。

砰！整個機場都能聽到鐵柱倒下來的聲音。

「……哇。」我看著這不知是從什麼地方出現的鐵柱，不禁喃喃自語道，「機場這麼大、時間這麼長，好死不死就選在我站在這個地方的時候掉下來，這也太巧合了吧？」

「對，太巧合了。」蚊子說，「還好有我，不然你肯定完蛋了！還不快感謝我？」

「是了、是了，謝謝妳。」我道。

接著，我再次望向那根掉下來的鐵柱。

挑的時機也太巧了吧。我再次想著。

簡直，就好像是故意掉下來要殺死我一樣。

正當我抱持著這樣的想法時，異象卻突然發生了。

我感覺自己腳下的地面，正在震動著。

以往只有在電視上才能看到的自然現象，竟然也能在我們這個地方感受到。

「這是……怎麼回事？」我低聲說道。

「從剛才開始就有一種奇怪的感受了，不過這還是我第一次有這樣的感覺，所以我剛剛才沒有說出來。」蚊子說道，語氣中似乎可以聽出她的驚慌。

「這是很正常的事……即使我已經在這個地方活了二十多年，也從來沒有感受過地震。」我邊說已經開始邊跑起來，「而且還是這麼嚴重的！」

周遭的震動是如此強烈，即使知道這個地方應該不會倒塌，但還是驅使著我往大門的方向跑去。

震動在數秒之內變得越加強烈，我甚至開始有點站不穩的感覺了，只能祈求在影響到這個地方之前，不會有什麼像是那根鐵柱一樣沉重的東西掉下來。

可是，我的祈求還是失敗了。

大門旁的其中一根支柱倒了下來，並在我逃出機場前就把路徹底封住了。

「……這不可能，這玩意兒好歹也是國際性的建築啊，怎麼可能這麼容易倒下？」我難以置信地道，但無論我說什麼，震動依然持續著，看來我必須找另一條路離開了。

「沒關係，這地方這麼大，總有一個地方能讓我們跑出去的。」蚊子說，「我就不信，這裡所有的出口，都碰巧會被堵住！」

我也是這麼想的，於是便朝機場的另一個入口走去。

然而，事情卻真的這麼湊巧。

所有的入口，竟然都不約而同的被來自不同的方向的雜物或是障礙物堵塞住，而且剛好無法用蹲或是爬的方式穿過去。

「對不起，我不該這樣說的。」蚊子看起來對自己所說的話有點自責。

不過，地震好像已經停下來了，至少我已經沒有感受到那驚人的震動。

「沒關係，至少我們都還活著。」我急促地呼吸著，不知為何，總感覺自己好像還身處在一個非常危險的狀態裡。

「不如強行打破玻璃逃出去吧？」蚊子提議。

「考慮到餘震之類的問題，我們是應該越早跑出去越好，不過也要有工具才行啊。」

我苦笑道，「我可不會徒手打破玻璃。」

「那就回頭去那些商店找啊，我就不信這個機場這麼大，會找不到一件適合的工具。」蚊子說，「不過你還真是麻煩啊，如果是我的話，剛剛那場騷動我轉個身就能溜出去了，如果不是要看著你的話……」

「放心吧，我自己可以照顧自己的。」我戲謔道，「對我來說，少了個不斷損耗自己生命值的東西，才是最值得高興的事情。」

「你這個忘恩負義的傢伙，要不是我剛才提醒你，你早就被那根柱子壓扁了！」誰知道，蚊子聽到我的話以後，卻大發雷霆，「我可不能像你這樣做事！既然那女孩交代我要好好照顧你，那我就會留在這裡看著你，直到你死掉為止！」

「……抱歉，我現在知道妳是比人還更重承諾的人了。啊，說錯了。」我搖了搖頭，「總之，剛才的話我道歉，其實只是想開個玩笑而已，沒想到妳卻這麼認真。」

「知道就好。不過，玩笑是什麼意思？」蚊子問道。

「忘了剛才的話吧。」我重新回到機場裡。

我走進了一家酒樓，我想餐廳裡應該至少有刀才對。

裡頭的東西就像是來不及收拾一樣，全都散落在不同的位置上。

「反正這裡沒有人，不如順便帶走一點能吃的東西吧？」我這樣說著，已經在廚房把一些煮熟的糕點打包起來。「不過，這地方真的挺詭異的……看上去就像是握著這些刀的人都在同一秒鐘內消失掉一樣。」

「這樣說來，還真有點像……」蚊子喃喃道。

「那些人消失的時候，妳真的什麼也沒看到嗎？」我不死心地想再確認一次。

「我就說了，我那時候鑽進了你的衣服裡，出來的時候已經變成——」說到這裡的時候，她卻突然倒吸了一口涼氣。

「怎麼了？」我還想問下去，卻很快就察覺到她這樣做的原因。

身旁的所有瓦斯爐，都無緣無故地爆炸了，因為爆炸而產生的碎片也正以高速往我身上飛來！

我大驚，連忙後退閃掉碎片的攻擊，但一部分的碎片還是因此插進我的手上，頓時使我身上出現了好幾道傷口。

「你不要死啊！你死了我到哪裡找食物啊！」蚊子大叫道。

「妳可不可以不要這麼直接地說出自己心底的話來？」我無奈道，邊說邊摀住自己的傷口。

「……哎呀，為什麼？為什麼呢。」

這個時候，我卻聽到了蚊子以外的第三個聲音。

「怎麼了，這裡有妳的同類嗎？」我問道。

「不對……」蚊子的聲音變得顫慄起來，「就在你後面！」

我連忙轉過頭去，卻在這時候發現自己的頸椎正被一把刀架住。

「為什麼，我總是殺不了你呢？」男人淡淡地道。

說完，他一手就把刀插進了我的心臟。或者說，試圖這樣做。

我瞪大眼睛看著刀尖在插進我的皮膚之前，就突然向外飛出，然後落在附近的地上。

「……果然是這樣啊。」男人握著剩下的刀柄，無奈地說道，「不論我用任何方法，都無法令你這傢伙死掉……天災、意外、即使我現在想直接把你幹掉，也會出現這種莫名其妙的狀況……這把刀我可是檢查了許多遍才把它帶出來的啊。」

在他說著這段話的同時，我已經和這個人拉開了一大段距離。

「你到底是誰？為什麼要殺我？」我冷冷地問道，「如果你給不出一個令人滿意的解釋，就別怪我不客氣了。」

「……真可惜啊，這樣一來就錯過一個機會了。」男人並沒有因為我的動作而有絲毫的情緒起伏，只是喃喃道。

這個時候，我又聽到了伴隨著喘氣聲，同時又感到熟悉的聲音。

「易天恆……我終於找到你了。」

「羅致清？」我看著這名在數小時前，剛從我家與我分別的人。

「對不起……到最後關頭我還是想不到任何比你更合適的人選，所以才在你出發之前把你帶到這個地方了。」羅致清還是一如以往的先道歉，然後又疲憊地喘著。

「……羅致清，你這傢伙也在這裡嗎？」這個時候，原本想把我殺掉的男人就裝作什麼事情也沒發生過一樣，以疑惑的語氣說話，「剛剛還在機場外看到妮可他們……向來沒什麼大事，我們也不會聚在同一個地方的，今天還真罕見啊。」

「羅致清，這個人剛剛想把我殺掉。」我簡單地說出了目前的狀況，並指了指跌在地上的刀片，「你認識他嗎？如果可以的話，我想透過你問問他，他這樣做的原因到底是什麼？」

「……許博，這到底是怎麼回事？」羅致清聽完也皺起眉頭，問起眼前這個名叫許博的男人，「我可不記得，你的職責裡有『殺害無辜者』這一項。」

「哈哈，對不起，對不起。」許博抓起頭乾笑道，「我看到這裡有個不屬於這個世界的人，所以打算先把他殺掉再說。看來還是太衝動了吧？」

「當然了。」羅致清白了他一眼，「你以前也是這樣對待這裡的人嗎？還有，到底是什麼風把你吹到這個世界來的？」

「呃，我只是在附近散散步而已。」許博說完，突然轉換話題，「對了，你不是說，是你把這個人帶到這個地方來的嗎？到底是為了什麼？我記得，這個地方可是用來收容那些不正常的人才對。」

「對啊……只是，我一時間也想不到該把他安置到什麼地方，時間上又不容許我慢慢想，所以就把他帶到這裡來了。」羅致清道，「這可是接替我工作的唯一人選……如果有何閃失，那可是一個大問題啊。」

我和許博都同時愣了愣。

「……突然出現了這麼多食物，真難選擇啊。」只有蚊子，仍然說出這些完全和現況無關的感想。

「那麼，我就把事情的大概告訴你吧。」羅致清指了指門外，「這裡的環境有點糟，我們找個正常的地方再說？」

＊　＊　＊

我和另外兩人坐在機場內一排排的座椅上，而我正等著羅致清說話。

「那麼，我該從哪個地方開始說起呢……」羅致清頓了一頓，然後繼續說道。「但是，我真的很趕時間，我能不能把事情簡化一點說？只把你需要知道的事情說一遍，然後我就要離開了，行不行？」

「可以，你我都多少年交情了，不需要什麼客套話了，想說就說吧。」我嘆了口氣，

「不過，你真的得把重要的事情說出來才行。例如，你看起來好像知道，這個地方到底發生了什麼事……」

「這個地方的事，要完整說明的話，會花太長的時間，我還是簡單說吧。」羅致清道，「這個地方是用來收容那些在現實世界生活的精神病人，特別是那種擁有自己一套的世界觀，而且，碰巧都猜中了這個世界某些『真相』的人。」

「……我不明白。」

「要說的話，我認為我和許博，以及其他人應該是屬於……管理員？工作人員？還是什麼……」羅致清自顧自地說著。

「要我說的話，應該是用『神』這個稱呼比較適合吧？」許博狡黠地笑了笑，「你不覺得這是最能形容我們工作的詞彙嗎？」

「我只覺得這詞有點過於自大……畢竟我們也只是依照他的命令行事而已。」羅致清道，「還有什麼能說的……總之，我先把工作交給你再說吧，這樣你會比較容易明白。」

聽到他的話的時候，我還不太清楚到底發生了什麼事情。

但在下一秒，我就突然全都明白了。

大量的資訊瞬間湧入我的腦海。

無數的文字，以及，一些奇怪的「能力」。

而首先出現在我的腦海的，是代表著「這個世界」的一串數字。

「1090123－(2)。」我喃喃道，「我現在所在的世界，是我原本身處世界……的複製版本。」

「本來就是為了安置那些想像力過強的瘋子而臨時製作出來的，所以在存在上會有一點缺陷。例如，你仍然可以透過某些方式看到原本世界的目前狀況，雖然不能干涉它。」羅致清說。

「對。」我點點頭，想起剛剛從網上看到的，那些只能閱讀、不能回覆的網站。

「總的來說，我們的團隊有十個人……受到那個人的指示，我們管理整個世界……『世界』在這裡的意思是什麼，相信你從剛剛的資訊中已經知道了吧？」

「……意思是，不止這個地方，而是指這世上所有的……平行世界？」我道。雖然腦海裡告訴我的事實是這樣，但由於所接收到的訊息還是太過偏離現實的關係，我還是不太能相信自己口中以及腦裡的話。

「不論是火球、冰箭到處飛的奇幻世界，或是未來的世界，甚至是沒有人的世界……都屬於我們的管轄範圍。」羅致清說，「如果單純以這一點來說，我想『神』這個說法在某種程度上還真是挺適合形容我們的。」

「我們十個人，編號由00至09，各自有著不同的權限以及職責，我現在給予你的能力以及那些資訊，都是從我身上繼承過來的。此外，另外九個人，都有著不同的能力。」羅致清說著，「眼前的這位叫許博的人，是負責管轄——」

「我是08，以那些網路遊戲的角度來說，就是『活動搞手』啦。」許博笑著說，「例如瘟疫、火山爆發、人為意外之類，讓周遭的人都能樂在其中的活動，當然也有那些只讓人得到好處的無聊活動，只不過我很少這樣做而已。」

「你這傢伙……」我瞪著他道，對眼前的這個男人，我可是一點好感也沒有。

「別這麼失望吧，你的能力也是非常厲害的哦。」許博道，「我們十個人都擁有從不同世界穿梭的能力……你不僅也能這樣做，更能讓身邊的任何一人照你的意願隨意移動。不過這其實也是你自己本身的職責，畢竟你可是管理這個世界的人流去向，也就是『伺服器分流』的人啊，01。」

我聽著許博的話，01這個數字，應該就是指我——或是羅致清吧。

「……許博說的，和我原本想說的差不多。」羅致清緩緩地點了點頭，「……總之，我們當中有人因為某種原因放棄自己手上的職責，還失蹤了，所以我要出發去把她找回來……我想了很久，也想不到其他可以信賴及拜託的對象，所以人選就只剩下你了。」

「當然了，一個星期才回學校一兩趟，你能有什麼朋友？」我道，「不過，即使是我，也不知道你這傢伙原來有著這樣不為人知的身分啊……這莫名其妙的設定還真是讓我頭疼啊。」

「其實，我原本打算永遠不讓你知道這些事的……只是我這次真的非去不可。」羅致清低頭道。

「你是在說程筱嗎？」許博「咯咯」的笑起來，「從很久以前就一直是這樣，你真是關心她啊。」

「她現在正在做的事情已經嚴重偏離她的職責範圍了，我只是想把她帶回正軌而已。」羅致清說道，「更何況，要是她現在想做的事情成功的話，那麼她一定會有生命危險，所以我才要阻止她啊。」

「程筱嗎……你剛剛塞進我腦海裡的那一大堆資訊，似乎有她的資料。」我道，「編號為00，職責為……咦？」

「對不起，有些事情，還是不要知道太多比較好。」羅致清說完，便匆忙地往機場的出口走去，「總之，你要做的事情其實沒有這麼複雜，基本上都已經在你的腦袋裡了，我很快就會回來的！」

我看見羅致清的身體開始變得虛幻起來，然後穿過了那道被無數碎石阻礙的大門，接著，我就再也看不到他的模樣了。

「……沒想到竟然變成了這樣的狀況啊。」許博苦笑起來，然後朝我的方向伸出手，「總之，我們以後就是同事的關係了，還請你多多關照。」

我看著許博的手，並沒有握上去，而是開始整理起從羅致清那裡得到的資訊，我接下來需要做的事。

「我還以為有多神奇，沒想到卻是一大堆像打雜一樣的工作啊。」我無奈地說，「全都很無聊，非常符合羅致清那人的風格。」

所謂管理「伺服器分流」，其實說穿了就是「人口控制」，把可能出生的人、或是一小部分人，在不為人知的狀況下移動到另一個近似的平行世界，就是這個工作最主要需要做的事情。

當然，也會有別的原因需要把人搬到另一處的情況出現，例如在A世界出現了一個非常擅長某範疇的人，而B世界剛好需要這樣的人才，那我們就會在A世界製造出「他因急病而去世」的情況，然後把他送到B世界去。不過，這也只是做事的原因有分別而已，其目的及結果是一樣的。

「哈哈哈哈！我就說嘛，所以你可要學學我啊，寓工作於娛樂。」許博笑著說。

我繼續整理著思緒，終於在繁多但不需短期內完成的工作裡，找到了，不，應該是說想起了一件比較危急、而且比較有意思的事情。

「……亦穎常。」我把那人的名字說了出來，「在某種極為混亂的狀況下，繼承了上任『02』的職位，也就是管理『個體邏輯行動』的人，因為02的能力在過渡時，不斷出現效果遞減的情況，他不僅失去了與我們聯絡的方式，甚至無法使用自己的能力。」

「哦？這個倒是比那些把人搬來搬去的工作要有趣那麼一點了。」許博說，「那麼，你要做什麼？」

「……簡單來說，就是要我盡快『處理好』這件事。」我喃喃道，「不論手段。」

＊＊＊

「那麼，看來我要走了。」在確定自己接下來要先做那一件事後，我這樣對許博道，「如果沒有什麼事情的話，就請先讓我離開吧。」

「先不要走吧，我還沒有告訴你一些重要的事情呢。」許博一臉惋惜地說，「你這個人真是一點好奇心也沒有啊，難道不想知道我剛剛為什麼想殺你嗎？」

「為什麼想殺我？你不是說了，這樣做的目的是以為我不是這個世界的人，看起來太可疑，所以才殺我的嗎？」我愣了愣，連忙問道。

「那種騙小孩的話，虧你也相信。」

許博說完，靠近我的耳邊，然後輕聲說了以下這句話。

「……如果沒有你和你的家人，我想我的生活可會變得非常的枯燥乏味的。」

這個時候，我也想起了許博剛剛所說的話。

「以那些網路遊戲的角度來說，就是『活動搞手』啦，例如瘟疫、火山爆發、人為意外之類。」

在我意識到他說的這句話，指的到底是什麼的時候，我的左手也已經揮到他的臉上！

然而，從天花板上掉下來的碎屑卻剛好擋住了我的攻擊——和剛才的情況一樣，也是

「像是故意等待時機才掉下來」的。

我的手冷不防就被掉下來的石塊所打中，因而後退了數步。

「果然，我傷不了你，你也傷不了我，因為我們早晚都是同事啊。」許博獰笑起來，「無論怎樣做也傷不了對方，這也是我們十個人之間的鐵則——雖然，這法則並不包括你的親人，真是可惜。」

「你這該死的混蛋！」我怒吼著，拿起地面的鐵柱朝著許博擲去！

「……我說了，那是沒有用的。」在鐵柱幾乎要打中許博之際，卻無緣無故地在半空中瓦解了，「不然，我也不會特地花了這麼久的時間來研究如何殺掉你了，這也讓你的家人多活了幾年的時間啊，你已經很努力了。」

「為什麼……為什麼要這樣做？」我瞪著許博，使自己全家死去的仇人就在眼前，而我卻什麼也做不到，此刻我只期望自己的眼神能夠殺人，「我的家人……什麼也沒有做啊！就只是一直很平凡的生活著而已！」

「對啊，就是太平凡了，所以我才好下手啊。」許博歪了歪頭說道，「不然的話，可會讓羅致清那頑固的傢伙發現的，到時候被罵上一頓就不好了。」

說完，許博也像羅致清一樣，朝機場的門外走去。

我試圖追上去，卻發現自己的雙腿突然不聽使喚，低頭一看，才發現自己的雙腿都陷進了一團泥漿裡，就像剛才一樣，只要我有傷害他的意圖，就會出現這種奇怪的現象。

「該怎麼說呢……我不是故意選中你們的，但我真是太無聊了，無聊得想找些人來玩玩啊。」許博在離去以前這樣道，「所以只能說，你實在是太不幸了，竟然這麼巧被我選中。」

說完，我就再也聽不到許博的聲音了。

＊　＊　＊

我站在機場裡，仍然發愣著。

「這樣的話，我也想起來了。」蚊子道。

「……想起什麼？」我無力地問道。

「那個讓我能說話的女孩的名字，她就是叫作妮可，還有一個和她長得一模一樣的姐姐。」蚊子道，「她說過，她好像是負責『個體數值調整』這個工作的……而且，她也好像不是為了讓我保護你，才讓我獲得這個能力的。」

「那是當然的，就像我以前所說，沒有人會讓一隻蚊子來保護一個人。」我道，「她想怎麼做？」

「她想透過我來向你通風報信，因為直接找你的話，許博會注意到。總之，她要我告訴你這件事。」

「在你獲得羅致清的能力以後，去找她，以後一起找出殺死許博的辦法。她是這麼說的。」

蚊子的聲音在我腦中響起。

「……哈，這傢伙，還真多仇家啊。」

我冷笑了一聲，閉上了眼睛，然後使用自己從羅致清身上得到的能力，嘗試回到現實世界去。

「那麼，接下來你想怎麼做？」蚊子問道，「雖然我也是剛好被牽連到這個事件，就連到這個地方來，也是因為剛好鑽進你的衣服才發生的。但是，我也沒什麼不幫助你的理由，畢竟你可是我的三餐來源啊。」

「哈，謝了。」我向蚊子道謝，「我要做的事，已經想好了，非常簡單。」

「那是什麼？」

「當然是腳踏實地完成自己的份內事及份外事了。」我道，「把那個名叫亦穎常的人找出來，以及，把許博那混帳宰掉。」

（完）

SMART 19

INK PUBLISHING

走不出的學校（下）

作　　者　百無禁忌
總 編 輯　初安民
責任編輯　施怡年
美術編輯　林麗華
校　　對　施怡年

發 行 人　張書銘
出　　版　INK 印刻文學生活雜誌出版有限公司
新北市中和區建一路249號8樓
電話：02-22281626
傳真：02-22281598
e-mail:ink.book@msa.hinet.net
網　　址　舒讀網 http://www.sudu.cc

法律顧問　巨鼎博達法律事務所
施竣中律師
總 代 理　成陽出版股份有限公司
電話：03-3589000（代表號）
傳真：03-3556521
郵政劃撥　19000691 成陽出版股份有限公司
印　　刷　海王印刷事業股份有限公司

出版日期　2015年 7 月 初版
ISBN　978-986-387-026-5

定　　價　260元

國家圖書館出版品預行編目(CIP)資料

走不出的學校／百無禁忌作．--初版．
--新北市：INK印刻文學, 2015. 07
2冊；14.8×21公分．--（Smart；18-19）
ISBN 978-986-387-025-8（上集：平裝）．--
ISBN 978-986-387-026-5（下集：平裝）

857.7　　104003111